아마릴리스
사랑

아마릴리스 사랑

황금련 수필집

초판인쇄 | 2024년 11월 15일
1 쇄 발행 | 2024년 11월 20일

지 은 이 | 황금련
펴 낸 이 | 배재경
펴 낸 곳 | 도서출판 작가마을
등   록 | 제 2002-000012호
주   소 | 부산광역시 중구 대청로141번길 3, 501호(중앙동, 다온빌딩)
        T. 051)248-4145, 2598   F. 051)248-0723   E. seepoet@hanmail.net

ISBN 979-11-5606-270-7 3810   정가 15,000원

※ 본 도서는 2024년 부산광역시, 부산문화재단 '부산문화예술지원사업'으로 지원을 받았습니다.

아마릴리스 사랑

황금련
수필집

도서출판
작가마을

들길을 걷고 산길을 오르다 보면 꽃과 숲이 가득 찬 풍경에 젖는다.

새봄의 손톱만한 새순이 어느새 꽃을 피워 유희를 한다. 여름이면 저 푸른 나무들이 햇볕과 비를 받아 몸피를 키운다. 가을이면 오색찬란한 옷을 입고 열매를 익힌다. 겨울이 오면 모든 잎과 꽃과 결실을 내려놓고 긴 잠을 잘 것이다. 그 사계의 변화에서 나는 종종 사람이 살아가는 생사를 새롭게 생각한다.

수필 쓰기를 꽃과 나무에 비추어 본다.

무엇이든 있고 없음에는 인연이 있다. 나도 준비 과정을 거치며 여기까지 왔다. 하지만 지금의 《아마릴리스 사랑》에 실린 내 글은 겨우 여름에 왔다. 더 심혈을 기울이고 노력해야 좋은 글이 될 것이다.

그렇게 하기 위해 계속 꽃과 나무를 지켜볼 것이다

그동안 지도 교수님과 나와 함께 한 문인 분들께 고마움을 드린다. 아울러 '작가마을' 출판부에게도 전한다. 묵묵히 지켜봐 주는 가족에게 사랑한다는 말을 하고 싶다.

2024년 가을에

황금련

01

대금 소리에 젖어

내 나무

지하철로 내려가는 길가에 도랑이 하나 있다. 옛날엔 저 도랑도 푸른 산을 끼고 돌아 맑은 물이 흘러가고 수목도 울창했을 것이다. 지금은 폐수만이 흘러 역한 냄새가 주변 환경을 위협하고 있다.

어느 날 도랑 가의 담벼락 사이에 서 있는 오동나무 한 그루를 보았다. 어떻게 저 돌 틈 사이에 끼어 몸을 불리며 살아남아 있을까. 제대로 뿌리내릴 한 치의 땅도 없이 담벼락에 끼어 구정물을 먹고 사니 허리도 제대로 펴지 못한다. 그런 가운데도 잎을 크게 피우고 보라색 꽃봉오리도 가지가지 맺고 있다. 하루 종일 도랑만 바라보는 오동나무는 어떤 생각으로 키를 키우고 꽃을 피우는 것일까.

내가 생각하는 오동나무는 시골 마을 언덕에 있다. 무성한 잎을 출렁거리며 넉넉한 울타리로 서 있는 나무였다.

오래전 우리 집 뒤 대나무밭 사이에도 오동나무 한 그루가 있었다. 둥치가 크고 키도 커서 마당 끝에서 바라보면 집은 온통 푸른 빛으로 감싸는 듯했다. 오월이면 보라색 꽃을 달고 푸른 잎을 우산처럼 펼치고 있었다. 비가 오는 날 커다란 잎을 따서 우산으로 받쳐 들고 마당 가운데 서 있으면, 잎사귀 위로 떨어지는 빗방울 소리가 좋았다. 나와 동생은 보랏빛 얼굴을 서로 바라보며 즐거워했다.

전설에 의하면 봉황은 반세기가 넘는 긴 세월을 지나서야 한 번씩 맺는 대나무 열매를 먹고 오동나무에서 잠을 잔다고 한다. 대나무밭에 오동나무를 심는 것은 길조의 상징인 봉황을 부르기 위함이었다고 한다. 그렇다면 우리 집 오동나무도 봉황을 부르기 위해 대나무밭에서 자라는 걸까. 보라색 꽃을 타래타래 길게 달고 있었던 것일까. 수령을 짐작해 보면 100년은 족히 된 듯한데, 사랑하는 임을 두 번은 맞이했을 거란 생각을 해 본다.

어느 해인가 오동나무는 아버지의 지시 아래 베어지고 말았다. 그 후 잘린 오동나무는 몇 해를 집 앞 웅덩이에서 물만 먹고 드러누워 있었다. 해마다 보라색 꽃을 피우고 고운 잎새로 때깔 나게 가다듬며 찾아오실 임을 손꼽아 기다리던 오동나무 사연을 아버지는 아셨을까.

옛날에는 딸을 낳으면 오동나무를 심어 시집갈 때 혼수를 대비하고, 아들은 소나무나 잣나무를 심어 죽을 때 관을 짜는데 쓴다고 했다. 그것을 두고 '내 나무'라는 말이 생겨났다고 한다. 나와 함께 태어나 나와 운명을 함께하다 죽을 때 같이 묻힌다는 나무를 두고 한 말이라 하겠다. 자연과 사람 사이의 이러한 상관관계가 있다니 삶에서 피붙이를 생각하는 마음이야 오죽할까.

어머니는 오래전부터 오동나무를 보고 언니의 '내 나무'로 정해
두셨다. 비록 언니가 태어날 때 심은 것은 아니지만 언니가 시집
갈 때 농을 만들어 주고 싶었던 것이다. 아버지는 언니의 혼수 준
비로 오동나무를 벤 것이다. 하지만 오동나무는 언니가 시집갈
때 언니의 혼수 농이 되지 못했다. 언니는 시집을 가고 언니의 '내
나무'가 되지 못한 오동나무는 집 앞 웅덩이에서 하릴없이 세월을
보내고 있었다. 오동나무는 십수 년이 지난 지금도 그 누구의 농
도 되지 못하고 닭장으로 옮겨져 닭장의 그늘진 구석에 드러누워
있다. 어쩌면 닭장 속에서 다시 찾아올 봉황의 부름에 귀 기울이
고 있는지도 모를 일이다. 차라리 나막신이라도 되어 봉황을 찾
아 떠나고 싶은 마음이 더 간절할 것이다.

어머니가 앓아누우신 지 10여 년. 어머니는 방에서 허리를 제
대로 펴지 못하고 하루 종일 누워 계셨다. 지하철을 타러 갈 때마
다 도랑 가의 오동나무를 바라본다. 문득 살아생전 어머니 모습
이 떠오른다. 어머니가 자식을 키울 때 구정물인들 마다했겠는
가. 벼랑으로 떨어져내릴 듯한 험하고 힘든 생활에도 허리 한번
제대로 펴지 못하고 오로지 자식이란 꽃을 피워 내기 위해 온갖
고생을 다 겪은 어머니가 아니시던가. 도랑에서 구정물을 먹고
벼랑 끝에서도 나무의 나이테에 사랑을 키우듯 세상 이야기를 안
으로만 삭이시던 어머니, 세월 끝에서 나무의 껍질이 벗겨지듯
어머니의 몸에 핀 검버섯이 돋아나 부스러지고, 어머니는 어두운
방에 누워 하루하루 몸을 건조 시키고 계신 것이다.

당신을 그렇게 삭여 자식의 '내 나무'가 되신 어머니, 오늘도 바
람이 지나가는 도랑 가의 오동나무에서 어머니의 이야기가 들려

온다. 좔좔 모정의 노래가 들린다. 나는 우두커니 서서 잎이 무성
한 오동나무를 한참이나 바라보다 발길을 돌린다.

잎이
진 자리

    지난 태풍에 잎과 열매를 힘없이 떨구어 보낸 은행나무가 새순을 올리고 있다. 새순이 가을에 올라오는 것을 보니, 조산하고 다시 아이를 잉태한 임산부 같다는 생각이 든다.

    잎을 피워 내야 호흡을 할 수 있는 게 나무의 생명이다. 은행나무는 여린 잎에 끊임없이 사랑을 불어넣어 보지만, 여린 잎은 머지않아 다시 찾아올 겨울 찬바람을 이기지 못하고 또 맥없이 떨어져 내릴 것이다. 그렇게 나무는 또 한 번 유산의 아픔을 겪을 것이다.

    아파트 뒷담을 타고 오르는 담쟁이가 있다. 내기라도 하듯 신나게 올라가던 담쟁이가 어느 날 정원사의 손에 몸이 잘리고 밑동만 남아 있다. 밋밋한 담에 자연의 그림을 그리며 푸른 가지치기로 식구를 늘리던 담쟁이가 속절없이 수난당한 모습이다.

    무엇이든 떨어져 나가는 것은 아픔이다. 집에서 기르던 소가 팔려 나갈 때도 마찬가지였다. 소는 팔려 갈 것을 미리 짐작이라도 한 듯 며칠 전부터 여물을 잘 먹지 않았다. 아버지의 속마음을 다 알기라도 하는 것처럼 두 눈만 꿈쩍거리며 시선을 먼 곳에 돌린다. 울음만 토해내는 소가 안타까워 아재는 여물통을 들고 외양간을 왔다 갔다 한다. 소 값을 제값대로 받아야 한다는 속내도 있겠지만, 떠나보내는 길에 배라도 두둑하게 채워서 보내고 싶은 마음이 더 깊이 자리했을 것이다. 장날 새벽부터 울음을 그치지 않고 가지 않으려고 네발을 땅에 박고 서 있는 황소의 등을 긁어 주며 아버진 이런저런 말로 달랜다.

고삐를 끌고 외양간을 빠져나갈 때 움~머~하고 마지막 울음을 길게 풀어낸다. 그러다 다시 뻗대고 서면 아버지는 사정없이 소의 엉덩이를 후려친다. 소가 목을 빼면 한 대 더 후려친다. 논밭 갈이며 집안의 살림 밑천으로 피붙이같이 쌓은 정을 아버지는 모질게 떼려는 것이다. 주인의 마음을 어찌 모르랴. 소가 떠나가고 난 텅 빈 외양간은, 집안 살림이 절반이나 빠져나간 것 마냥 허전했다. 소가 차지했던 든든한 자리는 이내 아픔의 흔적으로 남는다.

큰오빠는 황소 같은 분이었다. 여고를 다닐 때 오빠는 외항선 선장이었다. 오빠는 법학을 공부하고 싶었지만 기울어가는 가세를 걱정해 해양대학을 택했다. 검은 제복을 입고 거대한 배에 컨테이너 자동차를 가득 싣고, 마도로스 기상의 뱃고동을 높이 울리며 미국 샌프란시스코항, 캐나다 밴쿠버항을 항해했다. 내가 바라보는 마도로스 오빠는 세상에서 제일 멋있는 분이었다. 거센 파도를 가르며 높이 세운 기상은 오빠의 왕양한 깃발이었다.

약 일 년 간격으로 입항해서 가족과 함께 지내는 시간은 잠시

뿐, 출항할 때의 뒷모습은 다시 가족과 헤어져야 한다는 아픔에 발걸음이 그렇게 무거워 보일 수가 없었다. 오빠는 망망대해를 항해하며 집안을 지켰지만, 다시 떠날 때는 팔려 가는 황소를 바라보는 것 같았다.

한없이 넓고 푸른 바다, 몰아치는 파도를 바라보며 숱한 고독을 딛고 아픔을 치른 세월을 얼마나 보냈을까? 어느 해 육지에서 긴 휴가를 보내게 되었다. 어쩌다 그만 뭍으로의 유혹에 빠져들었다. 세상 물정에 어두워 사기에 빠져 한순간에 가산을 몽땅 날려 버렸다. 한두 해 만에 파도보다 더 거센 바람이 집안에 일었다.

육지로의 행군이 시작되었다. 땅에 발을 내딛고 마음대로 걸어 다니며 사는 삶이 얼마나 그리웠으면 그랬을까. 궁핍이라는 매서운 칼바람을 안고 거리로 나서 이일 저일 찾아보았지만 무엇 하나 되는 일이 없었다. 결국 손에 쥔 것은 허탈함뿐이었다.

태풍으로 우수수 떨어져 내리는 나뭇잎 아래에 오빠가 있다는 생각에 나는 속울음을 삼켜야 했다. 가끔 오빠의 음성이 전화선을 타고 간단한 안부만 남긴 뒤 뚝 끊어질 때면 가슴이 철렁 내려 앉았다. 팔려 나가던 소 울음 같다는 생각이 나를 슬프게 했다. 느닷없이 지르는 고함 소리는 검푸른 파도 소리였다. 그것은 저 깊은 바닷속에 묻어둔 억한 심정을 분출하는 것이리라.

이제는 두문불출하고 입을 닫고 사신다. 드넓은 기상도 접고 녹슨 쟁기만 바라보고 우두커니 외양간이나 지키는 황소처럼 어느새 몸도 노구의 자리로 들고 보니 그 무엇 하나 운신하기 귀찮은 세상이 된 것이다. 한때의 젊음을 그렇게 날려버린 회한에 잠겨 말이 없다. 철 아닌 계절에 피어난 나무순처럼 오빠의 계절도 그렇게 지는 걸까.

앙상한 가지 사이로 매서운 바람이 스치는 오빠의 하선길을 따라 일렬로 마주 보고 서 있는 가로등이 새벽이면 졸음에 못 이겨 무겁게 내려앉는다. 밤이 낮으로 바뀐 세상을 살아가는 이들에게 없어서는 안 될 동반자로 서 있는 저 가로등도 어쩌면 내일의 일탈을 꿈꾸고 있을지도 모를 일이다.

담을 타고 하늘을 향해 푸르게 푸르게 꿈을 그리고 싶었던 오빠의 그림 위에, 밑동이 잘려 시간의 벽을 바라보는 오빠의 시선이 걸려있다.

떠난 보낸 자리에 사랑을 불어넣어 오는 겨울을 이기려 애쓰는 은행나무, 아픈 가지 사이로 어디선가 미풍이 불어온다. 미풍을 탄 담쟁이도 내일의 희망을 품고 시간을 쫓고 있다.

잎이 진 자리에 오빠의 그림을 더욱 선명하게 그려본다.

텃밭
이야기

　잡초를 뽑았다. 돌아서 식은땀을 닦고 앉았다. 깻잎 향이 코를 찌른다. 옆 고랑에는 손가락 크기만 한 풋고추가 땅을 내려다보며 자잘한 이야기에 열중이다. 아까시나무에서 매미가 맴맴 분주하다. 숲을 여는 모든 소리가 한데 어우러져 화음을 낸다.

　숲 아래 작은 세 평 남짓한 텃밭이다. 같은 아파트에 사는 친구가 그 밭을 이태를 가꾸더니 이사 갈 무렵 내게 넘겨주었다. 밭 언덕에 아까시 나무가 있어 오전 내내 그늘이 내려서 채소가 잘 자랄까 걱정하며 둘러보니, 모서리에 농작물 금지라는 팻말이 붙어있다. 옆에도 군데군데 밭이 있었는데 하나같이 다 작물이 심겨 있었다. 그 풍경이 잘 꾸며진 정원 같다. 밭 언덕에는 봄을 맞는 꽃들이 물을 올리고 제비꽃 민들레도 한창이다.

　봄비가 온 후였다. 하루는 상추씨를 뿌리고 다음 날에는 가시 모종과 오이, 고추 모종을 심었다. 비 온 날 남편이 비료를 사 와서 뿌렸다. 어릴 때 시골에서 자란 터라 남편이 텃밭에 재미를 붙이는 모양이다. 나 또한 포실한 흙을 만지며 텃밭 가꾸는 일에 새록새록 행복함을 느껴 분주하게 드나든다. 밭에 나가 하루하루가 다르게 자라는 채소들을 보는 것이 즐거운 일과가 되었다.

늦여름에 다시 불볕더위가 시작되었다. 며칠이 지난 후에 밭에 가보니 이게 웬일인가, 밭이 흙더미에 모조리 덮여있다. 새끼를 조랑조랑 달고 날마다 꽃피우기에 한창인 채소들이 그사이 깡그리 떼죽음을 당한 것이다. 알고 보니 시에서 소방도로를 닦는 중이라고 했다. 작물 금지라는 팻말의 이유를 그때서야 알게 되었다. 잘 자라던 채소들이 흙에 깔린 모습을 보니 숨이 꽉 막혀 한동안 멍했다. 갈아엎은 흙더미를 보고 며칠을 잠을 설쳤다.

학교를 졸업하고 공무원 시험에 합격했다. 생각보다 발령이 빨리 나지 않았다. 반년을 지나 발령을 받았다. 새 각오로 열심히 다녔는데 공무원 생활은 몇 달 뒤 그만두어야 했다. 아침에 세수하러 나간 화장실에서 미끄러져 뒤로 넘어지면서 머리를 다친 것이 화근이었다.

병원에서 이틀 만에 깨어났다. 깨어난 후에는 나조차 잘 의식하지 못하는 바보가 되어 있었다. 아무것도 기억할 수가 없었고 내 시야 앞에는 흐린 빛만이 펼쳐져 있었다. 병가 기간의 3개월을 다 채워도 낫질 않았을 때의 내 고통은 말로 다 할 수 없었다. 어머니는 나를 데리고 이곳저곳 좋다는 병원을 다 찾아다녔고, 아버지는 용하다는 한의원을 찾아 하루의 시간을 온통 보내는 것이 한두 번이 아니었다. 엑스레이를 찍어 봐도 뚜렷한 병명을 알 수 없어 의사는 결국 치료를 포기했다. 지금같이 MRI 촬영이라도 해볼 수 있었더라면 원인을 알 수 있지 않았을까.

가장 큰 고통은 잠이 안 오는 것이었다. 수면제를 먹어도 몽롱한 상태로 일주일을, 어떤 때는 한 달을 연달아 잠을 못 자는 경우도 허다했다. 날이 갈수록 정신이 혼미하고 몸이 자꾸 쳐졌다. 하루 생활은 빛이 가리어 어둠만이 지배하고 있었다. 해가 사라진 세상에 어두운 벽만 바라보고 멍하니 앉아있기가 일과처럼 되어버린 생활, 어머니는 그런 나를 늘 안타깝게 주시하셨고, 자다가도 몇 번씩 내 방에 들어와 손을 뻗어 이불을 끌어다 덮어주시곤 했다.

차도가 없자 충청도 어느 절에 가서 요양도 했다. 그 무렵 가톨릭 신자가 되겠다는 마음을 가졌던 터라 절에서의 요양은 내 마음을 더 무겁게 할 뿐이었다. 끝내 어머니는 무당을 불러 굿까지 했다. 미신이라면 철저히 거절하셨던 아버지도 아픈 딸 앞에는 도리가 없었던지 묵언으로 허락해 주셨다.

병마와 시달리기를 3~4년, 고통의 고비가 정점을 돌아 싸라기만큼 빛이 보이기 시작했다. 돌 틈에 깔린 푸성귀가 안간힘을 쓰고 이듬해 돌을 비집고 새순을 올리는 것처럼 내 병도 세월이 가면서 죽어있는 세포 곁에 또 다른 세포가 살아났다.

완전한 나로 돌아오기까지 4년이 걸렸다. 이십 대 초중반의 팔팔한 젊음, 그때를 생각하면 지금도 가슴에 멍이 도지곤 한다. 누구나 미래의 희망으로 열심히 살지만, 살아가는 일이 언제 어디서 어떤 상황으로 펼쳐질지 아무도 모르는 일이기에 지금도 가끔 노심초사다.

흙더미에 깔리고도 틈 사이로 고개를 돌려 삐죽삐죽 올라오는 상추를 보며 쓰러져 병원 침상에 누워있던, 잠을 못 자 울음으로 밤을 지새우던, 그때의 나를 보는 것 같아 가슴이 쓰리기만 하다.

소방도로가 생겼다. 길가를 따라 예쁜 꽃들이 자라 계절마다 환한 잔치를 열기 시작했다. 그때 텃밭이 깔리지 않았다면 이 앙증맞은 꽃들은 어디서 보겠는가. 잃은 후 얻는 기쁨이란 게 바로 이런 걸까. 욕실에서 쓰러져 숱한 고통을 겪고 일어났던 때의 나를 돌아본다. 텃밭이든 소방도로든 정원이든 꽃이 피어나는 흙은 어딘가 있다. 흙이 있는 한 또 다른 생명은 돋아난다. 나는 문득 갱생이라는 말을 떠올린다.

돌의 의미

　강변이나 해변을 따라가면 널따란 자갈밭이 있고, 산을 오르면 굵직한 바위들이 이곳저곳 모여있다. 관중들이 꽉 찬 경기장을 보면 자갈밭을 연상시킨다. 박수 소리의 함성이 울려 퍼질 때 파도에 부딪혀 굴러가는 자갈 소리 같다. 이처럼 무리를 지어 터를 닦은 돌의 모습을 보면 인간의 삶과 닮았다는 생각을 한다.

　우리는 결코 돌을 떠나서는 살 수 없다. 집도 돌로 모양을 내어 기둥을 세우고 돌가루를 찍어 벽을 올리고, 돌담 징검다리 신작로도 돌이 깔려 받쳐준다.

　죽어서도 돌과 인연을 맺는다. 다듬은 돌무덤에 묻히고 비석을 새겨서 망자의 자리를 알려준다. 세월이 흘러 무덤의 흔적은 희미해도 비문으로 그 자리를 찾게 된다.

　청마 유치환 선생님의 '바위'라는 글에서도 '나 죽어 한 개 바위가 되리라.'고 했다. 이처럼 사람은 살아서도 돌과 인연을 맺고 죽어서도 돌이 되기를 바란다. 그것은 어쩌면 돌이 사람과 공존하기를 바라는 것인지도 모른다.

부족사회의 강대한 지배력을 상징하는 지석묘 또한 그러하다. 방방곡곡의 수많은 석탑을 보아도 그 위력은 가히 짐작이 간다.

바위는 억만 년의 세월 속에 닳고 닳아서 모래로 남기까지 얼마나 많은 아픔의 눈물을 파도에 쓸어 보냈을까. 커다란 바위에서 빠져나온 하얀 모래의 결정체를 보면 마치 우주 속에서 빠져나온 사람의 무리와 같은 생각을 한다.

성철스님은 죽어서 오색찬란한 사리를 남기고 갔다. 8년간의 장좌불와長坐不臥의 자세로 수행한 모습을 보면 긴 여정의 삶을 안으로 삭여 몸속에 돌을 키운 것이다. 분신과도 같은 사리를 보면 스님이 살다 간 삶의 무게와 깊이를 알 수 있다.

악을 멀리하고 덕과 선을 가슴으로 품고 살았으니, 어쩌면 스님은 우리 모두의 마음속에 사리 하나를 불어넣고 저 높은 산 큰 바위로 앉아 내려다보고 있을지도 모를 일이다. 스님의 누더기 옷과 검정 고무신이 TV 화면에 화석으로 박혀 떠나지 않는다.

많은 사람은 대부분 돌이 몸속에 병으로 들어앉는다. 결석 치석 담석 심지어는 암까지, 그것은 우리 삶의 희노애락喜怒哀樂에서 온 부조화의 상흔이 아닐까. 그 또한 돌과 사람은 떼어놓을 수 없는 관계임을 말해준다.

큰아이가 두 살 때 남편의 이직으로 잠시 거제도에 살았던 적이 있다. 아파트 앞산을 넘어가면 몽돌밭이 있었는데 나는 가끔 딸아이 손을 잡고 몽돌밭에 앉아 우리가 왜 낯선 이곳까지 왔는가를 수없이 되뇌며 몽돌에 부서지는 파도 소리를 구슬픈 연주곡으로 들었다.

남편이 사기에 들어 모아둔 재산을 한꺼번에 몽땅 날리고 많은 빚을 짊어진 그 슬픔을 거친 파도에 쓸려 보내고 싶었다. 낯선 땅에 발을 디딘 외로움도 파도에 모두 휩쓸려 가기를 바랐다. 바닥이 난 살림을 가슴에 안고도 갓 돌 지난 아이가 몸에 붙어 있으니 나는 그 어떤 일도 할 수가 없었다.

무심코 몽돌 하나를 주워 바다에 던졌다. 파문 위로 떠오르는 무서운 얼굴들이 잔잔한 물결로 일렁이며 어디론가 떠내려간다. 몽돌 몇 개를 주워 더 멀리 던졌다. '퐁당퐁당'하는 소리가 허공을 돈다. 허공을 향한 마음이 둥둥 떠다닌다.

그 무렵 통영에 혼자 계시는 시어머니를 일요일이 멀다 하고 찾아뵈어야 함에도 꼭 한 달에 한 번씩만 갔다. 거제와 통영이라면 지척의 거리임에도 차비를 아끼고 싶었고 갈 때마다 빈손으로 갈 수가 없었기 때문이다. 내심이 깊은 어머니는 돌아올 때 꼭 몇만 원의 지폐를 돌돌 말아서 손녀 손에 쥐어주며, 내 손을 꼭 잡고 "일요일에 또 오너라."

어머니께 용돈을 드리지 못하고 딸아이에게 되받은 돈이 내 가슴에 돌이 되어 무겁게 들어앉아 돌아가신지 십수 년이 지난 지금도 좀체 지워지지 않는다.

'일요일에 또 오너라' 그 말이 시시로 눈시울을 젖게 하고 어머니께 효도하지 못하고 걱정만 끼쳐드린 회한이 가끔씩 파도 속에 잠겼다 일어섰다 반복한다.

내가 죽어서 돌이 된다면 나는 징검다리가 되고 싶다. 날마다 세수하듯 내 삶의 찌꺼기를 냇물에 씻어 보내고 만남을 이어주는 다리로 반듯하게 앉아, 졸졸 세상 이야기를 들려주고 싶다.

대금
소리에 젖어

1

연일 비가 내린다. 빗소리에 맞추어 사그락사그락 댓잎 비비는 소리가 들린다. 댓잎 비비는 소리를 잘 들어보면 비가 올 때와 오지 않을 때, 햇빛이 날 때와 바람이 불 때 들리는 소리가 다르다.

대숲에서 들려오는 빗소리는 대금의 첫 출발신호인지 모른다. 저취, 평취, 역취의 주법으로 음색을 내는 대금 소리는, 고단한 삶의 고리를 풀어내는 애잔함이 가슴에 젖어 든다. 둔탁한 빗소리는 수면 아래 깔린 어두운 음색이다. 그 음색이 저취가 아닐까. 저취에는 가슴 한구석에 멍을 새겨넣는 듯한 서러움이 담겨있다. 온몸이 만신창이가 된 비애의 흐느낌이다.

댓잎이 바람에 스치는 듯한 잔잔한 운율은 평취일 것이다. 일상의 반듯함 속삭임의 정겨움, 그 음색은 연하디연한 풀잎 같은 아련함이 깃든다. 역취는 울리는 갈대청으로 대나무가 바람에 휘어지는 소리다. 비가 억수로 내리칠 때 대나무 끝이 휘어지도록 음폭이 절벽으로 떨어져 내리는 소리가 아닐까. 그 소리는 폭포수처럼 맑고 아름답다.

빗물이 바다로 몰려드는 물목엔 기다란 통 대나무로 둥글게 엮어서 박아 올린 죽방렴이 있다. 들물과 날물이 드나드는 죽방렴 안엔 물살도 고기도 생의 갈림길에서 불안하다. 우리의 삶도 때로는 죽방렴의 들물과 날물의 소용돌이처럼 휘말릴 때가 더러 있다. 마음속 들물과 날물을 저울질하며 빠져나갈 궁리를 하지만 한번 걸려들면 소용돌이는 놓아주지 않는다. 우리는 늘 밀어내기 작업에 몰두한 나머지 때로는 미는 자와 밀려나지 않으려는 자와의 싸움에서 죽방렴에 갇힌 물고기가 되기도 한다.

무안 앞바다는 새만금이란 이름표를 달고 밀어내기 작업에 들어갔다. 바닷물을 밀어내려고 덤프트럭은 돌을 산더미같이 실어 바다에 쏟아붓고 새 지도를 만들고 있다. 막혀가는 물길 속 바다의 생물은 어찌할 바를 몰라 허덕이고 물살은 갈 곳을 잃고 몸부림치는 것이다.

인간에게 그토록 많은 혜택을 주고도 저토록 힘없이 물러난 저 망연한 갯벌의 눈. 배은망덕의 길이 인간과 인간 사이만이 아니라 자연에 대한 인간의 행위에도 그렇듯 무참히 행해지는 것이다.

무안 앞바다의 은빛 물결이 서해 끝 수평선을 향해 마침내 가야 할 길을 내고 떠나고 있다. 해넘이 길을 따라 어쩔 수 없이 그렇게 서둘러 떠나야 하는 것이다. 모든 걸 다 주고 긴 수로를 따라 흘러가는 물소리는 합주곡의 이별곡이다. 떠나는 그 여정의 길은 외롭고 쓸쓸하다.

2

문둥이 성자 다미안은 남양의 하와이군도 뜨거운 적도 몰로카이섬에서 자신의 생애를 바쳤다. 사회로부터 추방되어 적도에 격리된 문둥병자들의 마지막 안식을 위해 몸과 마음을 송두리째 바치고, 자신도 문둥병자가 되었다.

문둥병자들이 떼 지어 살아가는 남양군도 몰로카이섬이 커다란 죽방렴이란 생각을 해 본다. 섬에 갇혀서 파닥거리는 고기떼처럼 살과 살을 부대끼며 상처를 파내고 파먹는 삶. 그들이 망망대해를 향해 흘려보낸 질곡의 생의 아픔을 어찌 말로써 다 헤아릴 수 있을까. 못 견디는 울분으로 들물과 날물 따라 수없이 바닷가를 들락거려 보지만 결국 빠져나오지 못하고, 그곳에서 어쩔 수 없이 최후를 맞이하는 그들.

다미안 신부는 그곳을 스스로 선택했고, 단 혼자뿐인 성한 사람이 수백 명의 문둥병자와 함께 부대끼며 그들의 문드러진 몸을 치료하고 살아갈 터를 개간하고, 날마다 죽어가는 사람들을 땅속에 묻고 또 묻으며 그들의 영혼을 위해 기도했다.

밤이면 절벽으로 부딪쳐 떨어져 내리는 무시무시한 파도 소리가 귓전을 때리고, 제대로 잠잘 방이 없어 나무 밑에서 풀과 벌레와 함께 자면서, 여기저기 앓는 신음에 잠을 설쳐야 했던 험난한 성자의 길. 깎아지른 듯한 절벽을 향해 만신창이가 된 젖은 가슴을 철썩철썩 사정없이 치다가 하얀 포말로 떨어져 내리는 슬픈 운명. 문둥병자의 손 마디마디가 휘어지는 고통의 소리, 그 절정의 흐느낌은 칠흑의 밤을 그렇듯 아리게 수놓아 갔다.

떠나지 않으려고 죽지 않으려고 그토록 발버둥 치는 물살과 생물들, 문둥병자들의 살과 살의 부대낌의 신음 소리가 죽방렴 소용돌이 속으로 매끄러지듯 둥글게 감아 돌아내려 간다. 어둠 속으로 대금의 이별곡 한줄기 깊이 잠긴다.

비가 그치지 않는다. 사그락사그락 비벼대는 소리 따라 흘러내리는 빗물이 바다를 향해 빠르게 달린다. 바다는 석양을 이고 또 다른 길을 찾아 나선다.

대나무 숲 사이로 들려오는 빗소리가 저녁 안개에 젖는다. 비벼대던 댓잎이 잠시 손을 놓고 고요한 시간에 든다. 안개에 휘감겨 노을이 돌고 안개비의 은은한 풍경 속으로 떠오르는 몰로카이섬, 대금 한 소절 길게 펼쳐놓는다.

짐의 무게

옛날 어머니들은 짐을 머리에 이고 아버지들은 지게에 지고 다니셨다. 어머니가 짐을 머리에 일 때는 짐이 떨어지지 않게 똬리를 틀어 얹었다. 철마다 힘들여 지은 채소며 곡식을 이고 져서 장에 내다 팔아 가족의 생계를 잇는 것이 부모들의 일 중 하나였다.

장에 내다 판 농산물이 돈이 되어 돌아오는 길은 가는 길보다 훨씬 가벼웠다. 몇 장의 지폐를 손에 쥔 가벼운 촉감은 돈으로는 무엇이든 살 수 있다는 기쁨이 있어 힘든 줄도 몰랐다.

우리나라는 고려 태조 때부터 임금이 스스로 짐이라 하였다. 그것은 임금 자신을 뜻하는 말이 되지만, 나라의 살림을 짊어진다는 뜻도 된다. 나라 살림을 꼭 임금만이 지고 가는 것은 아니지만 임금이 짐꾼이 되어야 한다는 뜻으로 해석해 본다. 짐꾼이 튼실해야 나라의 기강이 서고 국민이 평안하다. "짐은 곧 국가다."라는 말처럼 짐은 임금이든 부모든 사회의 일원이든 누구나 꼭 져야 하는 임무가 주어진다.

사람이면 저마다 지고가야 할 몫이 있다. 그 몫이 바로 일이다. 일에 짐이라는 말이 실려 무게를 달리할 뿐이다. 짐은 또한 사람 몸으로 이고 지는 것만은 아니다.

　자동차 비행기 배는 물론이지만, 리어카나 수레도 짐을 실어 나르는 도구다. 지금은 지게나 리어카 수레 등은 트럭이나 콘테이너에 밀려나 사라지고 있지만 한때 우리 조상들에게 없어서는 안 될 피붙이 같은 역할을 했다.

　문명이 발달할수록 짐의 무게와 부피는 날로 늘어난다. 고층 빌딩이나 아파트를 보면 땅이 얼마나 큰 짐을 지고 있는가를 알게 된다. 거대한 다리도 얼마나 많은 차들의 무게를 지탱하고 있는가.

　항구에 가보면 컨테이너가 즐비하고 각 나라의 짐이 널브러져 있는 것을 보게 된다. 그것들이 곳곳으로 짐차나 배에 실려 나가 나라와 나라 간의 장을 열어주는 역할을 한다. 짐으로써 나라 간의 사귐의 길이 열리는 것이다.

　마음에도 짐이 실린다. 살림을 하면서 마음의 짐에 부딪힌다. 가족 중에 아픈 사람이 있거나 가장이 실직이라도 하게 되면 그만 주저앉고 싶어진다. 그럴 땐 집안일이 잘 풀려나가도록 지혜를 짜내야 한다. 하지만 마음처럼 잘 풀리지 않고 어느 사이 불만의 짐까지 실려 무게가 감당하기 어렵게 된다. 짐이 짐을 낳는 것이다.

　아파트 3층에 사는 나는 가끔 20층의 아파트를 머리 위에 이고 산다는 느낌을 가질 때가 있다. 실체가 아닌 허상의 큰 무게에 위협받는 것이다. 사실 머리에 인 것은 가벼운 공기뿐인데 괜한 발상으로 내가 나를 괴롭힌다. 사람들은 이런 망상에 눌려 또 다른 병을 낳고 키우고 있는지도 모른다.

나이도 짐이다. 한두 살 먹던 나이가 돌담처럼 높이 쌓여가다 세월에 헐어서 담의 구실을 못 할 때 일순간에 무너져 내린다. 살며 차곡차곡 쌓여온 세월의 짐이 허무하게 내려앉고 보면 현실을 받아들이기 어렵다. 그럴 때 중병에 걸리기도 하고 치매라는 무서운 병이 찾아오기도 한다.

말로써 상대에게 짐을 실어주는 경우도 더러 있다. 네가 장남이라서 맏며느리라서 부자니까 당신이니까… 등등의 책임 무게를 지우게 된다. 또 지고 가는 짐이 무겁다는 이유로 가정을 버리거나 책임을 회피하는 일 또한 허다하다. 반대로 내 식구가 아니라도 이웃을 위해 평생을 바친 이들도 있다. 그들은 짐을 짐으로 여기지 않고 스스로 해야 할 일로 여기기에 가능했으리라.

우리는 늘 짐을 지고 또 상대에게 지우며 살아가지만 짐을 짐으로 여기지 않고 마땅히 해야 할 일로 여긴다면 짐은 짐이 아니라 정이 될 것이다. 짐과 정은 확연히 그 무게가 다르다.

고속철 KTX가 시속 304km까지 달릴 수 있다고 한다. 많은 짐을 싣고도 산과 들을 거침없이 가르며 유쾌하게 생기 있게 달리는 모습을 보면, 생활의 활기를 힘차게 제시해 주는 것 같다. 우리가 지고 가는 짐이 고속철은 아니라 할지라도 어려운 가운데도 사랑하는 마음에 가속을 부쳐서 나아간다면 생기가 넘치지 않을까. 어머니가 짐을 이고 장에 가는 뒷모습에서 나는 어떤 모습의 짐을 지고 오늘까지 왔는가를 잠시 생각해 본다.

비화 飛花

초설이다. 아이들은 밖을 내 달리며 환호성이다. 그 모습을 보
니 나도 흥분에 젖어 어깨가 절로 들썩거린다. 하늘을 바라보니
하얀 털 송이가 낱장으로 분화되어 훨훨 날고 있다. 저 가벼운 비
화, 잠시 유년의 창을 열고 상념에 들어있는데 문자가 왔다.

"도로테아 사망, 29일 장례" 뜻밖의 소식을 받고 보니 벌렁벌렁
가슴이 뛴다. 밖을 내다보니 함박눈이 번 듯 번 듯 마치 영혼의
날개를 달고 날아가는 모습이다. 연이틀 따뜻한 날씨를 보이더니
갑자기 그녀의 부음 소식에 살결이 아려온다. 겨울 들판을 쓸고
가는 바람이 뼈를 저린 듯하다.

유년기에 계모 밑에서 자란 어둠으로 그녀는 늘 마음 안에 그늘
이 져 있었다. 어려운 가정 형편에 학교 공부도 제대로 할 처지가
못 되어 주경야독으로 겨우 야간 고등학교를 나왔다.

결혼 후의 생활도 여전히 어려웠다. 두 아들을 두었으나 아이들
은 성장 과정에 있었고 남편의 실직으로 생활이 궁핍했다. 그녀

가 겨우 몸을 일으켜 일을 해서 생계를 이어가는 처지였다.

그녀는 일 년 전 암이라는 병을 선고받고도 살림이 어렵다는 이유로 수술은 커녕, 병원 치료도 제대로 받지 못했다. 여러 가지 식이요법으로 병마와 싸우더니 끝내 이겨내지 못했다. 병원 대신 신앙에 의지했다. 하느님께 자신을 맡기고 낫게 해 달라고 간절히 기도했다. 조금씩 꺼져가는 생의 불을 잡고 성모님을 부르며 손에든 묵주를 놓지 않았다.

지친 몸에 혼곤한 눈은 늘 생기를 잃고 풀이 죽어 축 늘어진 모습으로 살아가던 그녀에게 딸이라도 있었으면 마음 한구석 위로가 되지 않았을까. 당장 쓰러질 것 같은 몸을 지탱하고 야근까지 하며 제대로 쉬지 못한 생활을 이어갔으니, 결국 암은 그녀를 완전 지배하고 말았다. 어쩌면 애초부터 야윈 가슴 언저리에 암이라는 씨앗이 집을 지어 함께 해 왔으리라.

장례식 날은 공교롭게도 주일이었다. 그때 나는 일을 하고 있었다. 그런데 그 일요일이 당직이었다. 나 대신 누가 내 일자리를 채워줄 사람이 없었다. 전날 퇴근해서 갈 수도 있었지만 차마 그녀의 영정사진을 볼 수가 없었다.

주일이라 장례미사를 성전에서 드리지 못하고, 전날 토요일 사도 예절(간단한 장례 절차)을 바쳤다. 병원에서 이승의 마지막 시간의 정리를 하고 있을 때, 친구가 함께 가보자고 연락이 왔는데 나는 가지 않았다. 병마에 시들어 마른풀처럼 사위어지고 처연해진 모습을 차마 볼 수 없었기 때문이다. 건강했을 때의 모습 그대로 내 마음에 담아두고 싶어서였다.

몇몇 친구가 떠나기 하루 전날 다녀왔는데 바로 그 시간에 반조

현상을 보이더라고 했다. 죽음 직전에 잠시 의식이 돌아와 건강이 회복된 것처럼 보이는 게 반조현상이다. 어떤 친구는 도로테아가 많이 좋아진 것 같더라고 했다. 세상을 떠날 준비를 하고 자신을 총정리하는 인생 최후의 명징한 순간. 그때 자연과의 일치, 자기 자신과의 화해, 그리고 다른 이 와의 화해 작업도 마무리한다.

성당 친구들이 모여서 지난날 함께한 즐거웠던 일들을 떠 올리며 잘못한 일을 서로 화해하며 용서를 빌었다고 한다. 그때 친구들의 말을 듣고 미소를 짓더니 눈이 가물가물 혼수상태로 들어가 잠을 자더라는 것이다. 그것이 친구들이 본 마지막 모습이었다.

바로 뒷날 신새벽, 그녀는 홀연히 하늘나라로 떠났다. '그렇게 빨리 떠날 줄이야' 가보지 못했다는 회한이 가슴을 쓸었다.

"마리아 이거 예쁘지, 누가 내게 준 겨울 털 코트인데 나는 죽었다 깨나도 이런 옷은 사 입어볼 수 없어."라며 몸에 딱 맞는 까만 털 코트를 걸치고 마치 세상을 다 얻은 것처럼 아주 환하게 웃던 그녀, 그 모습이 내가 본 마지막 모습이다. 얻어 입은 것이라도 그저 좋아서 밝게 소리 내어 웃던 순수한 그녀의 행복한 미소가 가슴을 젖는다.

하늘에서 하얀 나비 떼 모양인 눈발의 군무가 끝없이 펼쳐진다. 하얀 나비는 곡예를 하다 바람에 말려 땅으로 떨어지고, 다시 훨훨 하늘로 올라간다. 상승과 하락으로 비화하는 모습이 슬프다.

친구는 저 하얀 나비를 타고 하늘나라로 갔을까. 산다는 게 뭘까. 죽음은 또 한 뭘까. 이승과 저승의 길은 과연 어떤 걸까. 사람은 나이 들수록 더 슬프다고 했던가. 마음이 맑아 슬프다고 했던

가. 어쩌면 사랑하는 사람이 젊은 나이에 떠나는 것이 제일 큰 슬픔이 아닐까.

내 마음이 찬바람 속으로 자꾸만 휩쓸려 간다. 꽁꽁 언 영하의 날씨는 언제 풀릴지, 한창의 나이에 가슴 한번 제대로 펴보지 못하고, 추운 겨울날 이승을 홀연히 떠난 친구를 생각하니 눈물이 하염없이 흐른다.

'사랑하는 도로테아' 부디 하늘나라에서 아프지 말고, 예쁜 옷도 마음대로 사 입고 행복하게 살아가기를 오늘도 마리아는 너를 위해 기도한다.

토담집

　모 월간지에서 토우 작가에 대한 글을 읽었다. 그는 어느 산골에 작은 토담집을 세워 너와 지붕을 올리고 마당 가엔 대나무 잔가지와 짚을 얹어 사랑채를 지어 작업실을 두었다. 돌로 축담을 쌓고 집 둘레엔 감나무와 스무대로 정원을 만들고, 곳곳에 그가 만든 토우들을 세워두었다. 하나같이 입을 크게 벌리고 함박웃음을 짓고 있는 토우를 보니 웃음이 절로 나온다.

　마당 입구에 우편함 소쿠리를 달아놓고 소쿠리 옆에 토우가 서서 '어서 오세요' 하고 반긴다. 웃는 토우를 보고 우편함에 편지를 넣고 가는 배달부는 힘이 절로 나 자전거 페달을 신나게 밟고 달린다.

　작업실에도 크고 작은 토우들이 즐거운 오락 시간을 보내고 있다. 마치 모두 모여 반상회를 열고 있다는 생각마저 든다. 그 모양이 무리 지어 피어난 꽃의 모습과 닮았다. 농부들의 모습을 흙으로 빚어 행복한 삶을 살아가는 꽃밭 같은 풍경이다.

토담집은 자연으로 이루어진다. 산 흙과 논흙에 짚을 썰어 넣어 물로 반죽해서 벽을 세워 올리고, 그 위에 서까래를 걸치고 지붕을 갈대나 너와 또는 짚으로 얹는다. 햇빛, 바람, 물, 흙, 짚 그 어느 것 하나 자연 아닌 것이 없다. 그 속에 사는 사람도 자연에 물들어 간다.

고샅길을 따라 올라가면 울도 담도 없는 토담집 한 채가 양지바른 언덕 위에 앉아 있다. 장독대 둘레 맨드라미가 피어나고, 마당 가운데 널찍한 덕석을 깔고 햇볕에 마르는 고추가 정겹다. 한가로운 풍경이다.

연암 박지원은 도봉산을 보고 금강산보다 더 아름답다고 했다. 토담집 온돌방 뒷벽 손바닥만 한 창을 내다보고, 도봉산이 한눈에 들어오는 아름다운 풍경을 보며 한 말이다. 손바닥으로 가려질 만큼 조그마한 창에서 바라본 도봉산이 얼마나 아름답게 보였으면 그랬을까. 아마도 토담집 온돌방에서 바라본 사각의 풍경이 그림이 되었기 때문이리라.

집의 모양은 시대를 말해 준다. 조선시대의 기와집은 검푸른 색깔만큼 무겁다. 멀리서 바라만 보아도 절로 옷깃을 여미게 한다. 그 속에 살아가는 사람들의 생활도 굳게 닫아 둔 대문처럼 무겁고 기강이 세다.

아스팔트 위 빌딩은 물질문명의 탑이 되고 탑을 서로 오르려고 시간 다툼을 하는 것이 우리의 현실이다. 지금도 탑은 계속 올라가고 우리는 더 높은 탑을 오르기 위해 가쁜 숨을 고르고 있다.

초가와 기와, 양철 슬래브 지붕에서, 아파트에 이르는 주거의 급격한 변화에 맞춰가는 우리 생활은 쉼표가 없다.

삶은 흙에서 온 것이다. 흙 대신 아스팔트가 깔린 길은 조금만 걸어도 쉬 피로가 몰려온다. 하지만 흙길은 오래 걸으면 걸을수록 몸과 친숙해지고 내 안의 길이 된다. 보드랍고 넉넉한 흙 속에는 살아있는 생명의 호흡이 있기 때문이다.

현시대를 살아가는 우리는 한 방울의 물도 마음대로 쓸 수 없고 풀 한 포기도 자라지 못하는 길 위에 서 있다. 아스팔트 길에서 바라본 하늘은 하늘이 아니라 빌딩의 꼭대기다. 하늘은 바로 땅이 바라볼 수 있어야 하늘이라 할 수 있다. 빌딩 숲에서 하늘마저도 마음대로 바라보지 못하는 귀로에 서 있다.

집은 가족을 담은 그릇이다. 어떤 그릇에 담겨서 살아가느냐에 따라 생활도 생각도 달라진다. 벽돌을 높이 쌓아 올린 화려한 집에 사는 사람은 어딘지 모르게 거만이 떠있다. 규모의 선을 뚜렷이 그어놓고 더 이상 다가서지 못하는 두꺼운 벽이 있다.

토담집은 숨을 쉬는 그릇이다. 토담집에서 살아가는 사람은 자연인으로 흙과 정을 나누고 대화하며 흙으로 숨을 쉰다. 생활은 가을 햇살만큼 따뜻하다. 마음도 흙처럼 보드랍고 훈훈하다.

어쩌면 토우 작가는 산속에 자연의 숨을 쉬며 내어주는 쉼터를 찾고자 했을지 모른다. 흙에 씨를 뿌리고 줄기와 잎을 내고, 꽃향기를 피워 내며 열매를 맺고 다시 흙으로 돌아가고자 했을 것이다. 그의 모습에서 산속의 나리꽃 빛깔과 향기가 났다. 자연 속의 넉넉한 마음, 바로 제 빛깔에 맞는 향기다.

나도 토담집 한 채를 지어 울타리를 스무대로 두르고 흙 마당 어귀에 토우를 세워 두고 싶다. 주인이 없어도 빈집이 아닌 듯 오는 손님을 반가이 맞아 훈훈하고 따뜻한 정을 나누고 싶다. 토담

집 마당에서 토우가 웃으며 반기는 모습을 바라보며 숨을 크게 쉬

어 본다

　토우~ 후~ 우 ~~

02

아마릴리스 사랑

박꽃

내 고향 초가지붕 위엔 하얀 박꽃이 있다. 해마다 여름이면 파란 우산을 하나하나 차례로 뽑아 들고, 지붕 위에 세워진 댓가지를 타고 살금살금 기어 올라가는 박잎은, 온 지붕에 가지 손을 뻗어 커다란 푸른 우산을 만들어 간다.

밤이면 하나둘 하얀 미사 보를 쓴 박꽃은 기도하는 여인의 모습으로 피어난다.

박꽃 지붕 아래 우리 식구들도 소박하게 정담을 나누고 살았다. 어머니는 박 바가지가 되어 달그락달그락 무엇이든 담아서 도란도란 앉아있는 자식들에게 먹을 것을 나눠주신다. 훤한 달빛 아래 덩그런 박이 달린 것을 보면 우리는 형제 하나가 더는 듯 좋아했다. 박꽃을 내려다보는 달빛은 눈이 부시다 못해 환희에 찬다. 그 속에 동화처럼 떠오르는 얼굴이 있다.

오래전 저 먼 가르멜 수녀원으로 떠난 마드렌 수녀, 수녀원의 넓은 뜨락에 하얀 미사 보를 쓰고 서 있을 그녀의 모습이 해마다 박꽃처럼 떠오른다. 떠난 직후 난 단 한 장의 글을 보낸 뒤 지금까지 펜을 들지 못하고 있다. 어느결에 내 마음도 그녀의 생활처럼 뚫을 수 없는 반사경이 되어 살아가는지 모른다.

하필이면 왜 봉쇄 수녀원으로 떠났을까? 무엇이 그녀로 하여 외부와 단절된 공간에서 고독과 침묵, 영성의 길로 인도했을까? 하루를 기도로 시작해서 기도로 마치는 철저한 복음적 청빈으로 관상 생활을 하는 가르멜 수도원. 한번 입회하면 죽을 때까지 외출도 허락되지 않는 그곳의 일상은 침묵과 노동 기도로 보낸다.

그녀는 가끔 하늘 위로 지나가는 비행기를 바라보며 무엇을 띄워 보낼까. 부모를 형제를 그리며 수없이 생각하고 되뇌어 봐도 그저 허공뿐, 그녀 또한 입을 다문 박꽃이 되어 안개 속으로 몸을 감춰버린다. 하고 싶은 이야기를 밤에만 가슴 열어 피워 내는 순하디순한 박꽃의 모습으로 떠오르는 것은 참으로 안타까운 일이다. 지금은 가슴속에 하나하나 묵상의 씨를 담아 묵주를 헤아리며 살아가리라.

내가 우연한 기회에 그녀를 알게 된 것은 그녀가 수녀원에 들어가기 2년 전이었다. 그때 그녀는 모 은행에 근무하고 있었다. 나는 가끔 그녀를 만나기 위해 2층 은행 창구에 들르곤 했다. 그렇게 일하는 모습을 잠시 서서 바라보다 눈을 맞추고 돌아선 나는 알 수 없는 정의 고리에 걸려 내딛는 발걸음이 가볍질 않았다.

그녀의 모습은 상대방으로 하여 깊은 사색을 불어넣어 주는 인상을 지녔다. 아니 어쩌면 그것은 이미 수녀가 되겠다는 예고의 빛이었는지도 모른다.

그녀가 떠난 몇 년 뒤 내 딸아이의 대모가 되어준 그녀의 동생도 언니를 따라 수녀가 되었다. 동생은 언니처럼 봉쇄 수녀원으로 가지 않아서 마음이 다소나마 편안했다. 지금은 서울에 있는 성당에서 생활하며 어느 날 휴가차 우리 집을 찾아왔다. 딸아이 방에서 딸아이에게 선물을 내어주고 소곤소곤 이야기를 나누는 모습이 정답기만 했다. 마치 오랫동안 못 본 모정을 나누듯, 차를 들고 들어간 나는 할 말이 많음에도 잠시나마 어머니 자리를 물러서고 나왔다.

무엇인가 주고받는 두 모녀, 그 속에 피어나는 사랑은 어떤 색깔일까. 어쩌면 붉은 혈육의 정을 넘어 영의 고리를 건 하얀 백색이리라. 한때는 진달래가 라일락이 좋다던 나도 두 수녀를 생각하며 어느새 박꽃으로 은근히 다가선다. 박꽃은 잔잔한 미소만 머금을 뿐 나의 변덕을 탓하지 않는다.

고향의 향기와 색깔로 떠오르는 마드렌 수녀, 그녀는 오늘 밤도 수녀원 뜨락에서 하얀 박꽃으로 피어나 미사의 등불을 켜고 서 있으리라.

박꽃을 바라보는 마음처럼 넉넉한 것이 있을까.

박꽃을 바라보는 마음처럼 향기로운 것이 있을까.

아마릴리스
사랑

거실에 아마릴리스 꽃이 피어난다. 아마릴리스는 일종의 난 종류인데 늦은 봄이나 초여름에 꽃이 핀다. 가을과 겨울에도 꽃을 피우곤 한다. 말하자면 사계절 꽃이다.

거실은 사철 꽃을 피우기에 알맞은 온도라서 그럴까. 아니면 적적한 우리 부부의 웃음꽃이 되어주고 싶어서일까. 올해도 아마릴리스가 겨울에 꽃을 피우니 반갑기 그지없다.

아마릴리스는 하나의 꽃대에 꽃이 대여섯 개 정도 피고 꽃대도 서너 개 정도 차례로 올라온다. 꽃이 피어있는 시간은 약 일주일 정도 된다. 꽃대가 올라오고 꽃이 다 피고 지는 사이, 한 계절이 넘어갈 때도 있다. 거실에서 아마릴리스를 바라보면 여간 즐겁지 않다. 이만한 정을 나누는 사이도 드물 것이란 생각마저 든다.

사랑은 주는 것이니 받는 것이니 말을 한다. 주는 기쁨이 받는 기쁨보다 더 크다는 말도 한다. 추운 겨울에 거실에서 애써 꽃을 피워 내는 모습을 보고 있으면, 아마릴리스는 우리 집에 '기쁨'이란 큰 선물을 주는 것 같다.

꽃을 가족에 비유하면 남편은 꽃대이고 아내는 꽃받침이다. 꽃
대와 꽃받침과의 관계는 꽃을 피워 내기 위한 신뢰의 관계다. 그
사랑과 믿음으로 아이들이란 꽃이 피고 튼실한 열매도 맺는다. 그
러고 보면 세상의 모든 것에는 사랑의 관계가 아닌 것이 없다. 하
늘과 땅, 낮과 밤, 짝수와 홀수, 암컷과 수컷... 이러한 것들이 서
로 돕고 공존하는 것이 세상 순리다. 만약 그중 다른 하나가 기운
다거나 없어지기라도 하면 관계는 깨어지고 만다.

꽃도 나름대로 아름다움이 있지만 사람도 특유의 아름다움이
있다. 그 아름다움이 품위이다. 품위가 있는 사람은 가만 바라보
아도 상대방을 끌어당기는 매력이 있다. 매력에 품위를 곁들이면
그야말로 보기 좋고 멋진 사람이라 하겠다.

오스트리아 마리안, 마가레트 수녀는 20대의 젊은 나이에 머나
먼 이국의 땅 소록도에 와서 40년을 넘게 나환우들을 위해 몸을
바쳤다. 오래전 어느 날 나이가 들어 더는 힘이 되어줄 수 없다는
생각에 본국으로 돌아갔다. 떠날 때 소록도에 올 때 가져왔던 낡
은 가방 하나만을 가지고 떠났다는 기사를 보았다.

머나먼 타국의 땅 작은 섬, 소록도에 와서 주는 사랑의 기쁨을
피워 내기를 40여 년. 그 긴 세월 동안 하루에도 수없이 들고나는
하얀 포말의 파도 위에 그리운 고국의 향수를 지워버리기를 얼마
였겠는가. 모든 것을 이겨내고 헌신한 희생이 나환우를 돌보는
사람들의 귀감이 되고 위로가 되었다.

아픈 데를 치료해 달라는 그들의 호소에 거절해 본 일 없는 순
종을 미덕으로 받아들이는 하느님의 사랑 실천. 그분들의 품위야

말로 얼마나 아름답고 고결한가.

품위는 동물이나 식물에서도 볼 수 있다. 백마나 백조를 보면 우아한 품위를 자아낸다. 흰색은 고결함과 신성함을 상징하는 색이다. 여자들은 누구나 한 번쯤 백마 탄 왕자와의 사랑을 꿈꾼다. 눈이 부시게 하얀 갈기를 휘날리며 달리는 백마 위의 왕자를 보면 여자의 마음은 눈처럼 녹아내린다. 백마의 고결함은 하얀색, 그 특유의 분위기를 가져다주는 것이 품위가 아닐까.

차이코프스키 춤곡 '백조의 호수'를 보면 호수 속의 정경이 참으로 아름답다. 백조가 노니는 맑은 호수로 퍼져 나가는 선율 속에 아름다운 사랑 이야기를 풀어낸다. 지그프리트 왕자의 애절한 사랑 이야기도 백조, 즉 흰색이 주는 고결함이 있어 애잔함을 더한다.

아마릴리스도 고결함을 느낄 수 있는 꽃이다. 연하디연한 연분홍 꽃잎 사이에 실크처럼 가는 하얀 선을 부드럽게 내려 흰색과 연분홍이 조화롭다. 꽃잎은 볼수록 귀하고 사랑스럽다. 때깔 나게 빛나는 연초록 잎사귀 가운데도 흰색 띠를 곱게 내려 뿌리의 고결함을 그대로 엿볼 수 있다. 고개 숙인 다소곳한 그 모습이 마치 백마 탄 왕자를 기다리는 공주같다는 생각을 해 본다.

아마릴리스를 키우면서 나는 예쁜 요정을 키우고 있는 듯하여 물을 줄 때도 공주가 놀랄까 조심스럽다. 이렇듯 예쁜 공주가 집 안을 요리조리 돌아가며 귀티를 맘껏 풍기는 모습을 바라보는 것은 나에게 큰 행복이다.

사람들이 살아가는 모습을 보고 흔히들 각양각색이라고 한다. 삶에도 제각기 모양과 색깔을 지녔다는 말이다. 희고도 연한 연분홍색의 아마릴리스는 사계절 온몸으로 애써 사랑을 내어준 마리안, 마가레트 수녀의 색깔이다.

사계절 아름다운 꽃을 피워 내기 위해 한 생을 바치고도 잘못한 일에 고개 숙여 겸손을 보이는 모습이 애잔하다. 흰 치맛자락이 눈부시도록 나부끼는 소록도 녹동항 부두, 그 이별의 자리는 얼마나 아름다운 모습이고 고운 향기인가.

나는 어떤 색깔의 모습을 하고 살아가고 있을까. 가끔은 흰색이나 연분홍이 되고 싶어질 때가 있다. 아마릴리스의 예쁜 꽃잎을 말끔히 닦아주며 말을 걸어본다. 너의 꽃망울 속으로 잠겨들고 싶다고...

군자란을
바라보며

거실 한켠에 군자란이 단단한 꽃대를 올리고 있다. 이 군자란은 몇 해 전에 언니가 분갈이하여 준 것인데, 우리 집에 와서는 언니 집보다 해마다 보름쯤 늦게 꽃대를 올리고 있다. 물론 물 주기와 양지의 차이도 있겠지만 꽃도 주인을 닮는다는 생각을 해 본다.

나는 무슨 일이든 동작이 늦다. 동작이 늦다는 것을 잘 해석하면 준비 과정이 길다는 뜻도 된다. 꽃이 늦게 피는 이유도 꽃대를 튼튼히 다독여 피워 내려는 애씀이 아닌가. 그렇다면 내 늦은 동작도 나쁜 것만은 아닌 듯 싶다.

먼저 핀 꽃이 먼저 지기 마련이다. 그런데 사람은 아무리 늦게 태어나도 각종 질병 사고로 먼저 세상을 떠나는 사람이 많다.

작은 형부는 스물세 살의 젊은 나이에 월남전에서 전사를 했다. 언니와 형부는 동갑이었고 스물한 살에 결혼을 했다. 형부는 9남매의 장남이었다. 언니가 시집간 마을은 우리 집에서 십 리쯤 떨어져 있었다. 그 길은 들길과 산길을 두어 번 지나는데, 새소리

물소리 갖가지 꽃들로 줄을 잇지만 인적이 드문 외길이다. 그때 내 나이 일곱 살쯤 되었는데 어머니가 심부름을 시키면 한적한 길을 혼자 걸어서 언니 집에 가곤 했다.

언니가 밖에 나가고 없는 날에는 언니의 새 살림방에 십자수를 예쁘게 놓아 걸어둔 활대 보, 이불, 베개, 분가루 그런 새것들이 너무 좋아서 그것을 만지며 냄새를 맡아보며 놀다가 잠이 들곤 했다. 언니의 방은 분 향기로 가득했다.

그렇게 새살림을 시작한 형부는 신혼의 단꿈도 다 꾸지 못하고, 결혼 몇 달 뒤 군에 입대했고 군 생활 얼마 뒤 월남전 전투부대에 파병되었다. 미국이 한국에 파병을 요청한 한국 최초 국군 해외 파병이었다. 영화 '클래식'을 보면서 베트남 맹호부대 전투장면이 지날 때마다 형부 생각이 가슴을 쓰리게 파고들었다.

남편을 머나먼 타국 전쟁터로 보내고 마음의 갈피를 못 잡은 언니는 홀로 강가에 섰다. 강을 바라보며 임이 떠나간 항구에서 꼭 닻을 내릴 거라는 희망을 걸고 비손을 하며 쓰라림을 달래고 달랬다. 그런 가운데도 대가족의 시집살이는 녹록하지 않았다.

얼마의 시간이 지났을까. 형부는 우기에 전개된 산악전에서 북베트남의 총알에 떨어지고 말았다. 태극기 높이 들고 맹호부대 용사라 우렁차게 외치며 조국을 위해 부산항을 장렬히 떠날 때의 굳건한 모습이, 한 줌의 재가 되어 하얀 사각 포에 싸여 전우의 가슴에 안겨 돌아왔다. 한 줌의 재가 고국 땅에 묻히던 그 잔인한 봄. 언니는 시도 때도 없이 찾아오는 외로움과 서러움에 미친 듯이 강가로 나갔다. 이별을 차라리 배반이라고 내뱉으며 울고 또 울었다.

어두운 고독이 파고드는 외롭고 쓸쓸한 긴 여정의 끝, 그때 서야 비로소 남편의 완전한 부재를 보았다.

이후 꽃이 피는 봄이 되면 언니는 정말 힘겹게 봄을 보내곤 했다. 목련잎은 꽃이 진 후에야 돋아나 또다시 꽃을 피우기 위해 애써 한해를 돌아오지만 결국은 꽃과 잎이 서로 만나지 못한다. 꽃도 잎도 긴 기다림의 시간에 든다. 언니와 형부의 사랑이 목련꽃 같은 사랑이 아니던가?

해마다 봄이 되어 잎도 없이 꽃만 피고 지는 하얀 목련을 바라보면 꽃이 아니라 영혼을 바라보는 마음이 된다.

외롭게 살아가는 언니를 바라보는 세월이 몇 년쯤 지났을까. 어느 사이 언니도 꽃과 잎이 서로 받쳐주며 어우러져 살아가는 한 포기 군자란으로 옮겨져 아름다운 꽃같은 생활을 한다. 예쁜 조카들도 잘 자라고 집안에 활기가 넘친다. 사람 사는 맛이 난다. 이 얼마나 고마운 일인가. 이 얼마나 아름다운 꽃을 바라봄인가.

원래 군자란 학식과 덕행 벼슬이 높은 사람으로 아내가 남편을 일컫는 말이며, 꽃 이름 또한 그런 뜻으로 지어진 것이다. 그렇더라도, 나는 그 본뜻과는 달리 언니가 나에게 분갈이하여 준 꽃으로 언니를 생각하는 뜻에 둔다. 내가 바라보는 군자란은 잎의 끝이 뾰족하고 꽃대가 굵은 것이 아니라, 편하게 누운 듯 부드럽게 쳐진 잎 사이에, 뚜렷하고 선명한 아름다운 주황색 꽃을 피운다. 정갈한 여인의 모습을 바라봄이다. 그 여인이 바로 언니이다.

나는 언니가 분갈이하여 준 군자란을 마치 언니를 바라보듯 소중하게 키운다. 우리 집에 와서는 꽃이 늦게 피어도 피지 않아도, 그저 거실에서 베란다에서 함께 있어 주면 그만이다.

올해도 군자란이 환하게 피어나는 날 나는 언니를 생각한다. 내
삶이 거듭나는 부활절이기도 하다

모란꽃

추억

작은아버지께서 예쁜 모란꽃을 그려 주셨다. 액자를 만들어 벽에 걸어두라고 하신다. 새로 이사 온 우리 집 벽을 보시더니 그림 하나 그려 걸어주고 싶으셨던 모양이다. 셋째 언니 집에는 시원한 바다 풍경의 그림을 그려 주셨다. 화가이자 서예가이신 작은아버지는 이렇게 이사의 선물을 그림이나 서예로 대신한다.

밋밋한 벽에 모란꽃 액자 하나가 턱 하니 걸리면서 액자는 우리 집의 작은 꽃밭이 되었다. 앙증맞고 귀여운 꽃들이 액자 안에서 생글거리고 이리저리 발자국 뗄 때마다 따라다니는 시늉을 내며 귀염을 뗀다. 활짝 핀 꽃송이는 고개를 쑥 내밀고, 필 듯 말 듯 오므리고 있는 꽃송이는 잎사귀 안으로 수줍은 듯 숨어 숨바꼭질한다. 어린아이 모습 같아 온 집안이 꽃밭 속에 들어 있는 분위기다.

어릴 때 큰집에 가면 우물가 꽃밭에 모란꽃이 수북하게 피었다. 우리 마을에 모란꽃이 피는 집은 큰집 한 집뿐이었다. 해마다 오월이면 모란꽃이 큰집 우물가에서 환하게 필 때면 모란꽃을 보기 위해 학교 길을 돌아서 큰집으로 달려가곤 했다.

가지마다 봉긋한 꽃송이를 단 모란이 나를 기다린 듯하여 다가서면, 여린 가슴이 연방 부풀고 마음이 물결로 일렁거렸다. 보라색 예쁜 꽃잎이 블라우스에 그려진 예쁜 그림이라는 착각에 빠졌던 기억이 지금도 생생하다. 그 시절 모란꽃이 유달리 예뻐 보였던 것은 우리 마을에서 보기 드문 꽃인 데다 가장 큰 꽃이었기 때문이지 싶다. 그만한 시절엔 키도 빨리 크고 싶었으니까 큰 것에 애착이 컸다는 생각을 해 본다.

도시에 살면서 화단을 가꾸는 집이 그리 많지 않기에 모란꽃을 보기가 쉽지 않았다. 이곳저곳 이사 했던 어느 해 화단이 넓은 아파트로 이사 가게 되었다. 아파트 뜰에는 줄 장미가 유난히 많았는데 이듬해 봄, 새싹이 올라올 무렵 줄 장미 사이에 모란꽃 나무가 있는 걸 보고 깜짝 놀랐다. 그것도 내가 사는 아파트 바로 아래였다.

오랫동안 못 보던 친구를 만난 것처럼 하마터면 큰 소리를 지를 뻔했다. 유년의 큰 집 생각이 뭉클했다. 그날 이후 꽃밭을 스쳐 지나갈 때마다 모란과 나는 우리만 아는 다정한 인사를 무언으로 나누게 되었다.

아이가 내 품에서 자랄 그 시절 가끔 도시락을 싸서 아파트 베란다로 소풍을 나갔다. 아파트 거실과 베란다는 문틈 하나 사이지만 나는 여러 가지 화초가 보이는 베란다를 소풍 장소라 정하고 일부러 도시락을 싸서 아이와 소풍을 가는 것이었다. 굳이 그렇게 하는 것은 밥을 잘 먹지 않는 아이에게 소풍 분위기를 즐기며 밥을 잘 먹게 하려는 마음이었다.

베란다에 예쁜 자리를 깔고 산이나 들에 소풍 나온 분위기에 젖어 엄마가 소풍 노래를 부르며 이것저것 반찬을 꺼내고 밥뚜껑을 여는 사이, 아이는 창문 틈으로 꽃밭을 내려다보며 "엄마 꼬꼬" 하며 좋아했다. 그 틈을 타서 아이 입에 한술 두술 밥을 떠 넣어주면 아이는 쏘옥쏘옥 잘 받아먹었다. 밥을 잘 먹는다고 박수를 치면 아이도 따라서 좋아라 고사리 손으로 짜악짜악 박수를 쳤다. 지금도 지난 시절을 돌아보면 내겐 그때가 가장 행복한 시간이었지 싶다. 아이와의 잔잔한 행복이 어여쁜 모란꽃이 피어나는 모습이 아니었을까.

모란은 원래 부귀화라는 이름이 있다. 그것은 꽃의 모양이 소담스럽고 여유와 품위를 지녔다는 뜻으로 붙여진 이름이라고 한다. 밥사발 같은 봉긋한 꽃, 국 사발 같은 넓적한 잎사귀를 보고 있으면 마음이 넉넉해짐을 알 수 있다.

모란은 또한 엄마 품처럼 포근하고 안정감이 있어 가정의 꽃이라 부르기도 한다. 그렇게 유별나지도 가볍지도 않은, 누구나 함부로 손댈 수 없는 기품을 드러낸 꽃이기도 하다. 그러고 보면 작은아버지의 기품도 선비를 닮았다는 생각을 해 본다.

지금도 큰집을 생각하면 유년의 예쁜 모란꽃이 떠오른다. 아마 작은아버지도 그 시절 큰집의 꽃밭에서 해마다 바라보았던 모란꽃을 떠올리며 그림을 그리지 않았나 싶다. 늘 아등바등 살아가는 조카에게 모란꽃처럼 큰집처럼 넉넉하게 살라는 뜻이 저 그림에 담겨있으리라 생각하니 작은아버지의 사랑이 절로 느껴진다.

오월의 화사함을 일깨우는 모란꽃. 가끔 거실에 앉아 모란과 마주 보며 차를 마시는 시간엔 저절로 모란의 친구가 된다. 때로는 나비가 되어 모란꽃잎에 앉아 보기도 한다. 또 벌이 되어 꽃술을 빨아 먹어보는 시늉도 내 보고 모란과 밀어를 속삭여 보기도 한다.

큰집의 모란이 우리 집으로 온 이후, 나는 내 유년의 추억과 아이와 함께한 도시락 풍경을 떠올리며 액자 속 모란으로 젖어 들어 행복의 단잠에 취해보는 것을 즐긴다.

우리의 가슴 속에 누구나 추억 한 장쯤 넣고 살아간다. 소중한 그림을 액자로 만들어 추억의 벽에 걸어두고 살아가는 것도 좋을 것이다. 한 번쯤 힘들고 복잡한 삶의 길을 잠시 떠나 액자 안의 꽃이 되고 나무가 되고 강이 되고 산이 되어 볼 일이다. 또 아이가 되고 내가 아름다운 풍경이 되는 동안 상대방을 내 안의 풍경으로 만들어 보는 것도 좋을 일이다.

유년의 큰집 모란꽃이 우리 가족의 멋진 사진으로 걸린 모란꽃 액자. 우리 가정의 아름다운 꽃밭!

베란다에서 모란꽃을 내려다보고 밥을 잘 받아먹던 아이의 추억꽃은 무엇일까. 아이가 성년이 된 지금, 그 시절 모란꽃 풍경을 기억하고 있을까.

달맞이꽃

하순이다. 아직은 더위가 남은 낮 동안은 뜨겁지만 조석으로 찬 바람이 불어와 마음은 상쾌하다. 둑길을 걸으니 풀 내음보다 농약 냄새가 더 짙게 코에 스민다. 식물도 사람도 약이 뿌려지고 먹어야만 살게 되는 세상이다. 문명이 발달할수록 사람 몸에든 병도 늘고 식물에 붙어 사는 해충의 가지 수도 많다.

풀 이슬에 발이 흠뻑 젖었다. 앞산은 기지개를 켜고 막 잠에서 깬 듯한 기세다. 앞산과 뒷산은 움직이는 동작이 다르다. 뒷산에 비해 앞산이 더 부지런한 듯하다. 일찍 해를 받고 일어나 막 세수를 한 듯 나뭇잎도 윤기 나고 탱탱하다. 뒷산은 응달이라 나무들이 늦잠을 자는지 미동도 없다.

나는 장미나 라일락 같은 화려한 꽃보다 눈에 잘 띄지 않는 잔잔한 들꽃을 좋아한다. 그 들꽃 중 하나가 달맞이꽃이다.

저만치 노오란 달맞이꽃이 나를 반긴다. 언젠가 내 꽃 이름을 찾아보니 달맞이꽃이다. 어두운 밤 달을 향해 불을 밝혀 누군가를 애타게 기다리는 꽃! 왜 하필 내 탄생화가 달맞이꽃일까. 처음에는 '기다림'이라는 꽃말에 썩 마음이 가지 않았다. 하지만 달빛 속에 아름다운 서정이 깃든 꽃이란 생각에 마음이 조금 바뀌었다. 화려하거나 강한 이미지를 싫어하는 내 성미와 닮은 것이다.

달을 언제 쳐다보아도 잔잔한 정이 흐른다. 마치 오냐!~하고 아이를 받아 안은 듯한 어머니 같은 얼굴이다. 때때로 구름에 가렸다가 금세 와~하고 숨바꼭질하듯 얼굴을 환히 드러내는 친구 같기도 하다.

달빛이 살며시 문풍지 사이로 들어오는 밤이면 이런저런 생각으로 잠이 잘 오지 않았다. 마을 동산 뫼똥구리에서 하늘을 쳐다보며 수없이 바라보던 달. 달 속의 내 유년 시절은 달빛 속에 피어난 달맞이꽃 잔치였다. 별이 한 웅큼씩 쏟아져 내리는 밤이면 별 만 한 조무래기들이 옹기종기 모여서 달을 바라보며 꿈을 키웠다.

여름 휴가차, 두어 달 여정으로 밀양 어느 산골 작은 수도원에 갔다. 그때 내 자신을 스스로 일으킬 수 없을 정도로 몸과 마음이 지쳐있었다. 쉬고 싶은 마음뿐이었다. 수도원 뒷길을 걷다가 오두막집을 보았다. 시내가 졸졸 흐르는 언덕 위의 작은 오두막집이었다.

그곳에서 달맞이꽃 같은 한 여인을 만났다. 오십 대 중반에 들어선 그녀는 25세에 달콤한 신혼살림을 차리고 첫아이를 낳다가 산후병으로 수족이 마비되었다. 말도 어눌했다. 제 몸을 스스로 부추겨 밖에 나갈 수 없는, 방안에서 혼자 뒤척이는 처지였다. 그녀는 그 후, 30년이란 긴 세월을 밀양 떡대산 산골 아래서 친정

노모와 함께 쓸쓸히 여생을 보내고 있었다.

밤이면 뜨락에 홀로 달맞이꽃으로 피어나 달을 향해 사랑했던 남편을 얼마나 기다렸을까. 그녀의 아이가 어느 고아원에서 어떻게 자라 어떤 모습으로 커 가고 있는지 수없이 달 속에 그려보았을 것이다. 긴 여름밤을 하루도 거르지 않고 목줄기를 뽑아 올려 한 잎 두 잎, 꽃잎을 피워내듯 가련한 몸을 피워내 바라보고 애간장을 재웠을 것이다.

초승달이 뜰 때는 아이를 보름달이 뜰 때는 남편을, 떠올려보았으리라. 언제 온다는 기약이라도 있으면 달 꽃 같은 호롱불을 밝혀서 대문 밖 저만치 서서 맞이할 텐데 남편은 그림자만 남겨놓고 30년이란 세월을 무심히도 가져간 것이다. 백년가약의 굳은 언약이 어두운 그림자에 그렇듯 무참히 깔리고 만 것이다.

나의 외할머니도 달맞이꽃처럼 살다 가셨다. 시집가서 십여 년이 넘어도 아이가 없자 하는 수 없이 과수댁을 외할아버지께 들여보내고 살아 보았지만 그 어멈에게도 소생이 없었다. 그런 어느 날 외할머니는 딸을 잉태했다. 내 어머니였다. 외할머니에겐 어머니가 천금 같은 자식이었다.

어머니는 외동딸로 곱게 자라 18세에 큰며느리로 시집을 갔다. 황씨댁에 시집간 후에는 고된 시집살이로 손에 물이 마를 날이 없었다. 내가 태어나기도 전에 외할아버지는 돌아가시고 혼자 살아가시던 외할머니는 딸이 보고 싶어 때때로 삽짝을 나서 십리 길 산길과 논길을 걸어 고갯마루에 올라앉아, 우리 집을 한참이나 바라보다 되돌아가시곤 했다. 할아버지 할머니가 계시기에 자주 오기에 민망했던 것이다.

산길을 지나면 두 개의 포강을 지나고 또 들을 지나야 우리 집에 도달하는 그 먼 길 위에다 딸의 모습을 발자국마다 수없이 찍고 돌아갔을 외할머니, 외할머니가 우리 집을 향해 왔다가 돌아간 길 위에 짙은 안개가 내려앉고 산길도 안개에 가리어 말이 없었다. 안개 속에서 꽃물을 축이듯 몸을 축이고 쓸쓸히 돌아갔을 외할머니, 외할머니는 먼 노정의 길을 딸을 품에 두고 그렇게 걸어간 것이다.

어느 날 성당에서 성지순례를 갔다. 버스 안에서 내가 기도해야 할 사람들을 한 분 두 분 생각하며 손을 꼽아 보았다. 기도하는 동안 내내 외할머니 모습만 떠올랐다. '외할머니는 하늘나라 어느 산골에 달맞이꽃으로 피어나 달빛 아래서 어머니를 그리며 기다리고 계실까' 어느 사이 나도 달맞이꽃을 살며시 가슴에 안고 은은한 달의 풍경 속에 젖어 걸어간다.

개울에서 졸졸 흘러가는 시냇물 소리가 들려오고 뻐꾸기는 속절없이 울어댄다. 그녀는 문설주에 기대어 뻐꾸기 소리에 귀 기울이며 오늘도 무슨 생각에 젖어 들까. 꽃이 진 숱한 밤을 얼마나 더 까아맣게 태워야 할까.

뒷산은 이제 사 기지개를 켜는가 보다. 외딴 마을 개울가 오두막집에 내리는 아침 산그늘이 오늘따라 더 외롭다.

수반 위의 꽃

시민회관에서 시화전을 열었다. 교내 백일장에서 장원을 한 '수반 위의 꽃'이라는 내 시가 전시되었다. 수반 위에 꽂힌 꽃의 절규, 몸이 반으로 잘린 아픔을 겁도 없이 썼던 것이 장원을 차지하게 되었다.

국어 선생님은 시인이셨다. 선생님은 윤동주 이육사 등 암울의 시대에 양심을 지키며 일제에 항거한 시인의 시를 높이 사셨다. 심사를 맡으신 선생님이 내 시가 고독과 아픔을 잘 표현했다고 장원을 준 것 같다.

수반 위의 꽃은 꽃이 아니라 절규다. 일제에 대항하여 살아간 학병들은 수반 위의 꽃처럼 살다간 생生이란 생각을 해 본다. 양기陽氣를 올리고 푸른 잎을 왕성하게 피워 쭉쭉 뻗어가는 그들의 가지를 사정없이 잘라 말라 죽게 했던 일본인의 잔악한 행위, 후꾸오까 형무소에서 생체 실험의 대상이 되어버린 눈물겹도록 처절한 윤동주 시인은 불가항력의 상황에도 절망을 극복하고 끝까지 버텨 강인한 민족정신을 보여주었지만, 그는 끝내 서서히 시들어 갈 수밖에 없는 한 송이 슬픈 인화人花였다.

노인 병동에서 봉사할 때, 옆에 누워있는 중년의 나이를 바라보는 듯한 남자는 사지를 쓰지 못하고 말도 못 했다. 의사意思를 표현하는 수단이라야 굳어있는 손가락으로 겨우 글 두어 자 그리는 것이 전부였다. 그는 불의에 맞서는 단체에서 선동자로 온몸을 불사르듯 열기와 광기를 날렸다. 그 후 곧바로 쓰러져 9년째 병원 신세를 지고 있다고 했다.

이제는 찾아오는 사람도, 주위의 시선도 줄어든, 거의 방치된 상태였다. 내 손가락에 낀 묵주반지를 보며 자신의 세례명을 '베드로'라고 내 손바닥에 써 주며 나에게 세례명을 물었다. 그의 손바닥에 '마리아'라는 내 세례명을 적어 주었다. 세례명을 보고 미소를 지으며 악수를 하려는데 들어 올려지지 않는 팔이 마음을 아프게 했다.

정신은 멀쩡했다. 살아온 지난날이 너무 억울하고 한 맺혀 말 한마디라도 끄집어내서 속 시원하게 토하고 싶은데 단 한마디 말도 할 수 없으니, 그래서 가끔 가슴을 치듯 큰 소리를 내어 엉엉 우는 것이다. 속으로만 치는 저 가슴에 얼마나 큰 멍이 들었을까. 9년이란 긴 시간 속에 얼마나 깊은 한恨의 탑이 쌓였을까. 창을 통해 눈으로 계절의 변화와 날씨를 알 뿐, 이미 세상은 없는 것이나 다름없는 그도 주사와 약으로 조금씩 시들어 가고 있는 슬픈 인화였다.

산길을 내려오다 연보라 토끼풀을 보았다. 토끼풀꽃이라면 대부분 흰색인데 연보라색은 처음 보았다. 그 토끼풀은 외래종이라

했다. 저 태평양 건너 먼 나라에서 밀가루 포대 귀퉁이에 숨어서 들어온 것일까. 아니면 저 높은 하늘을 날아 예까지 온 걸까. 남의 나라에 왔다고 모가지를 제대로 곧추세우지도 못하고 땅에 엎디어 기어다니는 꽃. 차지한 땅이 미안해서 산 밑 모퉁이에 저들끼리 모여 올망졸망 뭉쳐서 뿌리를 내린 가련한 토끼풀꽃. 언덕 아래 잔디밭에서 하얀 토끼풀들이 이웃을 바라보며 반갑다 인사하듯 넘실거린다.

내 자리를 이웃에게 조금 내어주며 땅속에 내린 하얀 뿌리로 얼기설기 걸고 오순도순 정답게 살아가는 저 토끼풀의 세상, 사람들은 저 토끼풀만도 못한 세상을 살아가는 걸까.

마음의 벽에 여고 시절의 시를 걸어두고 있다. 차가 셀 수 없이 달리던 도로, 가로등이 현란한 거리, 사람들로 붐비며 시끄러웠던 낯선 땅이 쉬 정이 들지 않아 밤이면 곧잘 울었다. 열이 나고 아플 땐 온 밤을 뒤척이며 엄마를 불렀다. 그럴 때마다 집에 가고 싶어 하루에도 몇 번씩 산을 넘었다.

부모로부터 분갈이가 되어 낯선 땅에 뿌리내리며 살아가는 꽃. 잘린 목이 침봉에 꽂혔어도 목을 축이려고 안간힘을 쓰는 무언의 발버둥. 그때 나는 윤동주 시인의 생애를 그렇게 아프게 바라보았다.

시화전에 참석한 타학교 남학생들이 나를 둘러싸고 조르르 몰려들었다. 겉으로는 내 시를 설명해 달라고 하면서 하얀 교복칼라와 얼굴을 힐끗힐끗 쳐다보며 자꾸 딴말을 걸었다. 그들은 나의 시에 관심이 있는 게 아니라 은근한 속셈을 가지고 나를 귀찮게 했다. 만약 내 시에 대해 조금이라도 관심을 기울인 학생이 있었다면 나는 그와 좋은 친구가 되지 않았을까.

여고 시절, 부모와 떨어져 바라본 아픔의 시간 들이 하나둘 흩어진다.

수선화
사랑

  베란다에 수선화가 마침내 꽃잎을 열었다. 두 송이가 나란히 고개를 내밀고 서로 바라보고 있는 모습이 앙증맞다. 예쁜 모습을 지나가는 사람들 보라고 화분을 베란다 창밖에 내놓고 보니 밖을 내려다보는 쫑긋한 모습이 귀여워 나도 모르게 연신 입이 벙글거린다.

  수선화는 주로 노란색이나 흰색 꽃이 피는데, 우리 집 수선화는 연분홍색 꽃이다.

  처음 꽃봉오리가 올라올 때 연분홍색이라 적잖이 놀라며 사전을 찾아보니 수선화란다. 무슨 수선화란 특정한 종명은 적혀있지 않다.

  꽃집을 하는 친구가 몇 해 전 아주 귀한 꽃이라며 화분 하나를 주었다. 해가 가도 꽃이 피지 않아 일조량이 부족해서일까, 통풍이 잘되지 않아서일까, 꽃이 피지 않는 것에 대해 여간 신경이 쓰이는 게 아니었다. 어떻게 하면 꽃이 필까? 하는 궁리 끝에 베란다에서 거실 여기저기 따뜻한 곳으로 옮겨놓으며 꽃을 얻기 위해 정성을 기울였다. 해마다 알뿌리 하나씩 늘리는 것 같더니 드디어 올여름에 꽃대를 올려 두 송이를 피웠다.

딸과 아들이 학업으로 서울로 떠난 뒤 건강가정 지원센터를 찾았다. 작은 일이나마 사회에 보탬이 되고자 했다. 건강가정 지원센터를 통해 만난 어린이는 유치원생이다. 아이의 부모는 이혼하고 아빠와 형과 함께 산다. 형과의 나이 차이는 여섯 살 이다. 아빠는 늘 야근이고 형과는 주말이 되어서야 낮에 함께 시간을 갖는다.

나는 주중에 두세 번 유치원 마치는 시간에 가서 아이를 데리고 집으로 가 함께 시간을 보낸다. 말하자면 부모를 대신해서 밥이나 간식을 챙겨 먹이고, 한글과 숫자 공부, 독서 습관들이기, 여러 가지 놀이 등 다양한 학습 경험을 가질 수 있도록 해준다. 또 혼자 두면 유해 한 사회 환경으로부터 유혹, 사고 등에 쉽게 노출되고 이를 조절하기 어려운 시기이므로 일상의 놀이나 취미 활동을 함께 함으로써 위험을 방지하는 효과를 가진다.

방과 후 돌봄 지도는 결손 가정이나 어려운 가정을 대상으로 나라에서 만든 일종의 아동보호 교육체계의 한 형태다. 요즘에는 맞벌이 부부와 결손 가정이 많아서 이 제도를 활용하는 가정이 많다.

내가 가는 시간이 되면 아이는 가방을 메고 유치원 밖에서 기다린다. 그러다 나를 보면 달려와 내 품에 와락 안기며 좋아서 어쩔 줄 모른다. 손을 잡고 마구 흔들며 노래까지 흥얼거린다. 유치원에 있었던 일들을 좋알좋알 얘기한다.

골목길 중간쯤에 있는 놀이터를 그냥 지나치지 않는다. 나를 의자에 앉아 있으라며 내게 가방을 맡기고 친구들과 미끄럼, 시소, 그네 타기 등을 하며 신나게 놀이한다. 어둑해질 무렵이 되어서야 집으로 가자고 손을 내민다. 딴에는 엄마가 없는 집에 일찍 가기 싫은 것이다.

아이가 놀이터에서 재밌게 노는 동안 나는 놀이터 벤치에 앉아 아이의 가방을 열어보고 그날에 있었던 일들을 들춰본다. 무엇을 배웠는지 준비물이 무엇인지 등을 챙겨 보며 시간을 함께 보낸다. 또 그네와 시소도 같이 타며 부모가 해줄 수 없는 체험 활동이나 놀이를 함께한다. 그렇게 정서적 지원자로서 역할을 하는 것이 내 임무다.

아이는 친구들과 놀다가도 시선을 내게 두고 가끔 달려와 입을 맞춘다. 제게도 엄마 같은 보호자가 있다는 걸 친구들에게 알리고 싶은지 은근히 으스대는 눈빛을 주기도 한다. 그렇게라도 엄마의 빈자리를 채우려고 애를 쓰는 모습이 안쓰럽다.

처음에 내가 낯설고 또 엄마 아닌 사람이 집에 오는 게 싫어서 나를 집 안으로 들어가지 못하게 먼저 방으로 들어가 문을 잠가버리곤 했다. 무엇이든 물어보면 "물어보지 마세요, 공부 안 하고 오락할래요" 하며 오락기를 놓지 않는다.

아이가 어느새 많이 달라졌다. 언제 또 오냐고 묻기도 하고 한글 공부, 숫자 공부를 스스로 하겠다며 "선생님, 지금 해요, 미루면 안돼요. 오늘은 동화책을 3권 읽어주세요" 하는 식으로 변했다.

밥을 먹을 때도 "선생님, 맛있는 것 드세요" 하며 맛있는 반찬을 젓가락으로 집어서 내 입에 쏙 넣어주기도 한다. 그럴 때 "고마워"하며 엉덩이를 토닥토닥 두들겨 주면 내 품에 찰싹 달라붙어 안기며 어리광을 부린다. 아이는 처음에 나를 보고 싶지 않은 사이에서 어느새 나를 기다리는 사이가 되었다. 가끔 사랑한다는 서툰 글과 사랑 표를 찍어 내게 문자를 보내기도 한다.

아이는 종종 나를 엄마라고 생각하고 싶을 때가 있나 보다. 가끔 졸음이 오면 같이 자자며 손을 잡고 이불을 당기며 내 몸에 제 살을 부빈다. 작은 가슴 안에 따뜻하고 예쁜 엄마를 그려놓고 날마다 엄마가 오기를 기다리는 것이다. 엄마가 얼마나 보고 싶고, 엄마한테 떼쓰고 싶고, 갖고 싶은 것 사 달라 하고 싶을까. 지금 이 아이의 마음속에는 어떤 엄마의 모습이 그려져 있을까.

나도 언젠가는 아이 곁을 떠날 것이다. 마치 그 시간을 예감이라도 하듯 "선생님, 내일 또 오세요, 꼭 이예요" 하며 새끼손가락을 꼭꼭 걸어 약속하는 모습이 가슴을 저리게 한다.

베란다 수선화가 따뜻한 햇볕을 받으며 요리조리 한껏 폼을 내는 모습을 보며 물을 듬뿍 주면서, 보드라운 꽃잎에 입을 맞춘다. 아이에게 사랑의 손길이 계속 뻗쳐서 건강하게 잘 자라주길 바라는 마음이다.

유치원 창밖에서 가방을 메고 나를 기다리고 서 있을 아이의 초롱한 눈빛이 떠올라 서둘러 집을 나선다.

하얀
장미꽃

　오월은 가정의 달이다. 가톨릭 신자인 나에게는 성모성월의 달이기도 하다. 성모성월이면 장미꽃을 상징하는 성모님을 기리며 성모님께 드리는 묵주기도를 많이 한다.

　성당에서 만난 자매가 이사를 갔다. 이사를 간 지 몇 달이 지나도 찾아보지 못하고, 다음 해 성모성월에 자매 집을 방문하게 되었다. 가면서 무엇을 사 갈까 고심을 했다. 자매의 남편이 유명한 의사라 물질적으로는 무엇 하나 부족한 것이 없기에, 이사 간 집에 사 가는 휴지나 세제 등은 적절하지 않다는 생각이 들었다. 고심 끝에 내가 아껴둔 두세 장의 성화랑 가톨릭 서적 한 권, 그리고 성모성월이란 생각에 하얀 장미꽃 한 다발을 사 갔다. 마침 꽃집에 있는 흰 장미꽃이 눈에 들어와 성모님 앞에 봉헌하고 싶었다.

　가정을 위한 기도를 드렸다. 서로의 안부를 물으며 점심을 먹고 차를 마시며 정다운 시간을 보내고 집으로 왔다. 집에 온 몇 시간 후에 자매한테서 전화가 왔다. 갑자기 나에게 입에 담기 어려운 욕설을 퍼부으며 이딴 장미꽃 필요 없다며 가자마자 장미꽃을 쓰레기통에 버렸다고 했다. 성화도 책도 쓰레기통에 다 버렸다는 것이다. 그 흔한 휴지나 세제 한 통도 사 올 수 없었더냐며 원망하듯 말하며 내 말은 들어보지도 않고 전화를 끊어버렸다.

황당해지면서 순간 가슴이 뛰고 진정이 되지 않았다. 나중에 이러이러한 생각으로 그렇게 했다는 메시지를 보냈더니 다시는 연락하지 말라는 답이 왔다. 이후로 그녀와 관계는 끊어져 지금은 어디서 사는지도 모른다.

한동안 마음이 너무 괴로웠다. 내가 무얼 잘못 했냐는 의문을 수없이 되뇌어 보았다. 한참을 지난 시간에 떠 올려보니 이런 생각이 들었다.

딸아이가 재수를 하고 있을 때였다. 살림이 어려워 학원 보내는 것이 너무 버거웠다. 어느 날 미사를 마치고 함께 차를 마시며 그 말을 하게 되었다. 뜻밖에 그녀가 딸아이에게 학원비를 보태 주겠다는 것이다. 남편한테 생각지도 않은 돈이 들어왔는데 당장 쓸 곳도 없고 해서 그것을 주겠단다. 고맙지만 그것을 어떻게 받겠냐며 사양을 했는데도 그냥 보태 쓰라며 내 통장에 넣어 주었다. 일방적인 생각이었기에 마음이 무거웠다.

나는 딸아이 보고 이러이러한 돈을 받게 되었으니 얼마나 감사하냐며 그 보답은 네가 커서 어려운 사람에게 베푸는 것이라고 했다. 돈을 받고 난 후 얼마 동안 그녀 가정을 위해 하느님께 감사 기도를 드렸다. 당장 해 줄 수 있는 고마움의 표시는 기도뿐이었다.

이사 간 그녀 집을 방문하며 가져간 선물은 그녀가 바라는 것이 아니었다. 휴지나 세제를 들어 말하지만, 진정 바란 것은 적어도 자기가 그때 베푼 것에 대한 어떤 보답을 원했던 것이다. 갑자기 혼란스러웠다. 역시 그녀도 물질에 구애받지 않는 삶을 살면서도 어쩔 수 없이 세상에 속한 한 사람이라는 생각에 허탈했다.

오빠가 프랑스 수도원에 계실 때 사 다 준 귀한 성화와 책을 내가 정말 아끼며 간직해 왔던 것인데, 그 누구에게도 줄 수 없는 것으로 그녀에게 고마움을 표현했는데, 휴지통에 버려졌다니 눈물이 핑 돌았다.

흰 장미는 순결을 의미한다. 로마제국이 멸망한 후에 장미는 기독교를 상징하는 꽃이 되었다. 또한 중세 시대부터 지금까지 성모마리아를 '순결의 장미' '신비의 장미' '사랑의 장미'로 표현하고 있다. 그때가 사순절이라 나는 친구 집에 모셔둔 성모님에 대한 예를 순결의 흰 장미로 표현했던 것이다.

많은 세월이 흘렀다. 그동안 나를 돌아보고 또 돌아봤다. 사람은 상대방 마음을 잘 읽어야 한다는 걸 깨달으며, 내가 그녀를 내 뜻대로 생각했지 그녀의 속마음을 들여다볼 줄 몰랐던 것이 미안했다. 속내를 잘 읽어 그녀가 좋아하고 바라는 값비싼 그 무엇을 선물했더라면, 그녀도 자신이 베푼 것에 대한 보답을 받았다고 감사했을 것이고, 지금까지 우정을 이어왔으리라. 마음을 헤아리지 못하고 성화나 책 한 권, 장미꽃 한 다발이 좋다고 생각했던 것이 내 진심이었지만, 그녀에겐 나의 진심이 아니었음을 어쩌랴.

서로 마음이 통한다는 이심전심이란 말이 있다. 한쪽이 진심이라도 다른 쪽이 그렇지 않으면 자심타심이다. 만약 이심전심이었다면 내 선물을 더없이 귀하게 받았을 터이고, 한 번씩 꺼내보며 감사하지 않았을까.

그녀가 떠난 지금 가끔 그녀를 생각하며 잘 살아가기를 기도한다. 그래도 성모님은 내가 가져간 순백의 장미꽃 한 다발을 받고 무척 기뻐했으리라는 생각으로 나 스스로 위로해 본다.

아
마
릴
리
스
사
랑

황
금
련

03

달의 향연

눈
오는 날

눈이 오는 날 아침, 밤새 새하얀 눈을 온몸으로 안고 서 있는 지동백 나무를 바라본다. 송이송이 내리는 눈을 가지와 잎에 모아 눈꽃 모양을 만들었다. 다가가 자세히 바라보니 목련꽃에서 제비꽃 모양까지 다양한 꽃 모양을 피웠다.

집 앞에서 화단을 끼고 가로로 길게 엮어나간 지동백 나무는 눈 오는 날마다 예쁜 꽃 잔치를 벌인다. 꽃밭 가운데 장미 나무와 안쪽 개나리꽃 나무도 기다리던 님이라도 맞은 듯, 밤새 깨끗한 옷을 차려입어 모양새가 청아해 보인다. 그 사이를 강아지는 새벽부터 철없이 들락거리며 하얗게 차려입은 옷가지를 한차례 뒤흔들어 놓는다.

초가지붕 위 소복이 내려앉은 눈을 바라보면, 밤사이 반달 빛이 살포시 내려앉은 듯, 옆으로 옹기종기 모여 있는 장독은 반달 속 아이들인 양 다정해 보이기 그지없다.

하얀 들을 바라보다 집 뒤 남새밭으로 달려간다. 추운 겨울에도 죽지 않고 잘 자란 시금치와 쫑배추들이 눈 이불을 덮고 있다. 살짝 거둬보니 눈을 촉촉이 빨아들이며 무슨 꿈이라도 꾸다 놀란 눈짓으로 다시 눈을 덮어달라 한다.

눈이 내린 세상은 한가롭다. 산은 산대로 들은 들대로 모든 것이 감춰져 있다. 좁은 길은 사람들이 다니지 않아 한가롭다. 냇물 속의 물고기들은 사람들이 겁나지 않고, 나뭇가지는 여러 가지 모양의 꽃을 피울 수 있고, 남새밭의 채소들은 포근한 이불을 덮고 숨을 죽인다.

눈이 오는 날은 강아지도 설친다. 새벽부터 온 동네를 돌고 와선 마당에서 꼬리를 흔들며 같이 나가 보자고 한다. 신이 난 강아지 뒤를 쫓아가는 나도 금방 마음의 꼬리를 흔들며 숨을 헐떡이며 온 동네를 쏘다닌다. 아이들은 우르르 밖으로 몰려와 환호성이다. 하얀 세상이 즐거운 아우성으로 펼쳐진 길 위에 눈이 소복소복 쌓인다.

어느 겨울날 오빠 편지에 눈 쌓인 수도원 풍경 사진이 부쳐왔다. 큰 산을 병풍으로 하여 골짜기에 숨은 듯 자리 잡은 수도원의 풍경이 아름다운 설화를 보듯, 적막하기 그지없다. 오빠는 저 적막한 수도원에서 하루를 어떻게 보내고 계실까? 골짜기마다 침묵이 흐르고 계절의 감각을 대지의 기운으로 호흡하고, 밭에 나가 일하며 숲의 고요에 기도하고 있을 것이다. 이렇게 눈 내리는 겨울밤엔 창가에 앉아 묵상의 정적에 젖어 계시리라.

오늘처럼 오빠를 생각할 때면 하얀 눈이 내린 수도원 풍경 사진을 바라본다. 사진 속에 오빠와 함께 만든 눈사람이 웃는 얼굴로 서 있다. 깔깔대며 신나게 눈싸움하는 모습도 보이고, 학교 길에 미끄러질까봐 잡아 주던 언 손도, 애를 쓰며 눈썰매를 끌어가던 힘겨운 등도 보인다.

오빠는 공대를 졸업하고 대기업에 다니다 어느 날 천주교 수도원으로 들어갔다. 그 당시 아무 종교도 믿지 않았던 우리 식구들은 생각지도 않았던 오빠의 단호한 행동에 놀라지 않을 수 없었다. 다만 아버지만 몇 날을 묵언하시더니 받아들였다. 할머니는 끝까지 손을 놓지 않으려 애를 썼다.

왜 오빠가 천주교 수도원으로 가려 했을까. 남들이 부러워하는 대기업의 사원이 되어 만족한 생활을 하고 있다고 믿었는데, 내면의 갈등이 어디에서 왔는지 그 이유를 듣지 않았기에 알 수가 없다.

오빠가 수도원으로 떠나면서 내게 '칠층산' 이란 책을 주었다. '칠층산'은 토머스 머튼 작으로서 단테의 '신곡' 연옥편에 유래한 자서전 형태의 책이다.

책을 받고 읽어보지도 않고 이사를 갈 때마다 보물처럼 챙겼다. 결혼을 하고 몇 해가 지난 어느 날 책을 펼쳐보니 이해가 어려워 덮어 두었다. 아이를 데리고 성당에 다니던 어느 날 책을 다시 폈다. 마음을 가다듬고 조금씩 읽어 내리는데 흘러내리는 눈물을 감출 수가 없었다. 그 속에 오빠가 깊이 자리하고 있었기 때문이다. 그제 서야 내게 책을 건네준 의미를 알게 되었다.

저 미국의 겟쎄마니 트라피스트 수도회로 입회한 토머스 머튼, 한번 입회하면 죽을 때까지 단 한 번의 외출도 허락되지 않는 험준한 산골 트라피스트 봉쇄 수도원.

컬럼비아 대학 출신인 그는 문학박사, 대학교수의 직위를 버리고 일생을 침묵과 노동으로 사는 수도자의 길을 택했다. 오빠가 들어간 수도원도 관상생활觀想生活로 이어가는 봉쇄 수도원이다. 가난과 청빈의 삶을 살면서 내면세계의 영성생활靈性生活은 침묵과 묵상으로 이어진다.

눈 오는 날, 오빠와 함께한 하얀 동심의 세계가 사진 속에 묻혀 때 묻지 않은 순수함이 소복이 쌓여 가슴으로 한없이 녹아내린다. 눈은 고요하고 흰색으로 포근하다.

어느 날 사진 속에 근엄한 모습으로 나타난 오빠가 눈처럼 깨끗하게 욕심 없는 세상을 살라 한다. 나도 저 하얀 눈을 닮아 욕심을 버리고 평화를 안겨주는 작은 여인이고 싶다.

겨울은 하얀 눈이 있어 아름답다. 눈이 하얗게 내린 대지를 바라보면 평화가 찾아 왔음을 느낀다.

이제 겨울이 되어도 좀처럼 눈이 내리지 않지만, 내 마음속 겨울에는 언제나 눈이 내린다. 사진 속 오빠와 눈싸움하며 깔깔대는 웃음이 하얀 들판을 가로지른다.

안개
내리던 봄날

　안개가 낀 날의 세상은 하얀 솜뭉치다. 한 치 앞도 잘 보이지 않는 솜뭉치 속의 나는 답답함은 고사하고 분가루 같은 향기를 온몸에 솔솔 뿌려준다는 느낌으로 황홀하다.

　안개 속의 세상은 눈을 아무리 치켜떠 보아도 안개일 뿐, 감춘 속은 보이지 않는다. 안개가 낀 날 아침 마당 가운데 서 있으면 안개의 무리들이 무엇인가 속삭이는 듯하다. '비가 될까, 햇빛이 될까' 농부의 마음을 헤아리며 안개가 날씨를 되바꾸는 작업을 아침 시간이 지나면 결정을 내린다.

　내 고향은 산도 야트막하고 바다의 물결도 호수처럼 잔잔하다. 호수처럼 잔잔한 바다 위로 안개비가 자주 내린다.

　자욱한 안개가 대지를 촉촉이 적시던 봄날 아침에 울음소리가 울타리를 넘어왔다. 서른을 갓 넘은 당 숙부님이 병고에 계시더니 끝내 떠나셨다. 당시 군청에 근무하다 몸이 아파 휴가를 내고 집에서 쉬던 차였다. 좋다는 약은 다 써 보아도 차도는 없고 점점

기력을 잃어가시더니 아까운 나이에 세상을 접었다.

초상집의 분위기는 말이 아니었다. 할머니는 혼절하시고 숙모님은 넋을 잃고 입을 닫았다. 곡소리는 밤낮으로 끊이질 않았다.

초혼招魂의 예식은 뒷날 저녁 무렵이었다. 집안 어른이 지붕 위에 올라가 숙부님의 하얀 저고리를 손에 들고 휘이휘이 돌리며 망자의 이름을 부른다. 번 듯 번 듯 영혼의 몸짓이 날개 짓 하듯 소리 없는 서러움을 토해낸다. 북쪽을 향해 몇 번 부를 동안 대답은 흩어지고 어둠이 짙게 깔린다.

상여가 나가던 날 만장 깃발이 줄을 이었다. 만장 중 하나는 아버지가 쓴 추도문이었다. 무슨 글이었는지 모르지만 아버지가 손수 써 걸은 만장 깃발을 바라보며 나도 요령잡이소리 따라 언니 오빠들과 상여 뒤를 걸어갔다. 자욱하던 안개가 장지로 가는 길을 서서히 열어준다. 저승 가는 길을 훤하게 열어서 떠나는 망자에게 두려움을 없애주고 편안히 가라는 인사다.

시부모와 형제 아들 넷, 대 식구를 거느리며 살아가던 숙모도 어느 날 쉰을 갓 넘어 봄 안개 따라 떠났다. 왜 그렇게 재촉했을까. 사는 일이 천길만길 이어서일까.

시아버지의 강직한 성품에 늘 숨을 죽이고, 젖먹이 아들과 위로 아들 셋을 품어 기르며 살아가자니 몸은 늘 젖어 있었다. 집안일을 거드는 계집애도 할아버지의 호통을 견디지 못하고 어느 날 밤 몰래 집을 나갔다.

남편을 보내고 어디 한군데 마음 의지할 곳 없어 치마폭을 적시며 우시던 숙모님. 안개 속을 헤집는 막막한 날들이었던 고단한 몸이 얼마나 아팠을까. 장바구니를 이고 산허리를 돌아오는 숙모의 가느다란 몸짓이 보일 듯 말 듯 휘청인다.

숙모는 나를 보고 당신 딸이 되라고 했다. 딸 넷 아들 셋인 우리 집, 막내딸 하나쯤 데려가서 말벗 삼아 키우고 싶다는 생각이 들어서였을까. 철모르고 뛰어다닐 때, 그 말을 들은 후부터 숙모 집에 잘 가지 않았다. 숙모 딸이 될 것 같아서 숙모만 보면 곧잘 도망을 쳤다. 숙모가 밭에서 김을 매고 있으면 바른길을 두고 돌아서 집으로 단번에 달려왔다. 엄마가 숙모 집에 심부름을 시키면 가지 않으려 떼를 쓰고, 야단을 치면 숙모가 없는 틈을 타서 몰래 갖다 놓곤 했다.

어디서 숙모가 '딸아, 오너라 맛난 것 줄게' 하는 말이 들리는 것 같아 쏜살같이 집으로 달려와 이불속에 숨곤 했다.

어릴 때 나는 안개를 보고 가마솥 뚜껑에서 새어 나온 김이 모여서 된 것이라 생각했다. 하늘과 땅의 만남을 이어주는 다리라고도 생각했다. 집도 하늘 속에 둥둥 떠오르고 나는 안개 속에서 세상을 날고 있는 들뜬 기분에 휩쓸리곤 했다. 보일 듯 말듯이 새록새록 피어나는 꽃들을 보며, 안개는 어머니의 뽀얀 젖이라는 생각도 해 보았다. 안개가 산허리를 두르고 있을 때 저 산을 묶어 도망을 치면 어쩌나 하는 두려움도 가졌다.

그림처럼 떠오르는 안개 속 풍경에 당 숙부모님이 떠나신 길이 쓸쓸하다. 마을 들길 바다... 산길을 타고 먼당에 올라서서 안개비가 내리는 바다를 하염없이 바라본다. 기우는 듯 감기는 듯 보드랍고 촉촉한 물기를 손바닥에 받아 입으로 가져간다. 눈물과 안개비가 섞여 흘러내린다.

봄 안개와 함께 떠난 숙모님의 무덤 앞에 서서 생전에 당신 딸이 되겠노라 대답 한번 못했음을 빌어본다.

자욱한 안개가 안개꽃이 되어 봉분 위에 소복이 내려앉는다.

나는 비로소 숙모의 딸이 되어 묘 앞에서 절을 한다.

물레길

대문을 나서면 길이 보인다. 나선 길은 목적지가 있기 마련이지만 우리는 때로 이유 없이 길을 나서기도 한다. 일 또한 목표를 향해 열심히 하다가도 틈 사이로 엉뚱한 생각이 들어와 집중력을 놓치게 되는 경우가 있다. 사는 일이 마냥 그러하다.

우리가 걸어가고 있는 길을 물레가 실을 감아 돌아가는 것에 비추어 본다. 실은 감기고 돌아가다 때로는 끊기고 흠집이 생긴다. 흠집을 다시 매듭하면 꿰맨 고리가 남는다. 걸어가는 길도 평탄한 길만은 아니다. 상흔이 있게 마련이다. 하지만 가던 길을 다시 가면 익숙함으로 낯설지 않고 깊은 상흔도 시간이 지나면 가벼운 흔적으로 남는다.

어릴 때 어머니는 사랑채 마루에서 물레를 돌리셨다. 목화에서 씨를 빼고 활로 타서 솜을 부풀게 한 다음, 말대로 말아서 오른손으로 물레를 돌리고 왼손으로 솜 줄을 풀어내어 감는다. 훤한 달이 사랑채 마루로 들어올 때 어머니가 물레를 돌리다 보면 밤이

깊어 가는 줄을 몰랐다. 물레 소리가 달빛 속에 처량하다 못해 시리다. 수없이 물레를 돌려 면사를 뽑아 감은 실이 꾸리에 담겨 베틀 위에 올려지고 꾸리와 바디의 장단과 베틀노래가 실려 베 폭이 둥글게 감겨 돈다.

돌아가는 물레는 어머니의 한을 풀어내는 바퀴이고 고리인지 모른다. 물레의 바퀴 따라 어머니의 구슬픈 노래 가락이 실어 감기고, 한 계절을 감은 실타래는 다음 계절을 위한 옷이 된다. 올올이 엮은 어머니의 옷감은 무명옷이다. 어머니의 체온이 감아돈 따뜻한 옷감에 목면포. 면포. 백목이라는 이름이 붙여진다. 무명 옷감이 옷이 되어 입으면 하얀색만큼 어머니의 따뜻한 사랑이 우리 몸에 녹아든다. 물레를 돌리면 실이 길어지고 단단해지는 것처럼 어머니의 삶은 우리에게 끈기와 인내를 불어넣어 주었다.

어느 날 모두가 떠나고 빈 허물이 된 고향 집을 한동안 우두커니 바라보았다. 쓰러져 가는 집의 형상이 고개를 떨구고 앉아있는 초췌한 노인의 모습이다. 노인은 그렇 게 앉아 누군가를 기다리며 발자국 소리에 귀 기울이고 있다. 돌아가던 물레가 멈춘 자리에 바람 한 점 지나간다.

"실실이 시르렁 어제도 오늘도 흥겨이 돌아도 사람의 한 생은 시름에 돈다오. 물레나 바퀴는 실실이 시르렁 외마디 겹마디 실마리 풀려도 꿈같은 세상."

민요의 한 가락이다. 우리 선조들은 이처럼 삶의 애환을 민요에 담았고 물레로 시름을 풀어냈다. 모심기 베틀노래가 대표적인 예다. 삶의 애환을 베틀로 짜고 못줄로 풀어내는 실타래는 깊은 한의 정서다.

물레를 녹로라고도 한다. 녹로라 함은 토기용과 목공용을 가리킨다. 녹로를 인류가 언제부터 사용했는지 그 연대는 확실하지 않으나 고대 인더스 문명으로부터 유래 되었다 한다. 그것은 실을 뽑아내는 기구가 아니라 물레방아를 의미한 것이다. 그렇다면 돌아가는 물레방아에도 보이지 않는 실 줄의 이음이 있는 것일까.

슈베르트 가곡의 특징은 반주에서 시 전체 기분을 나타낸다. '마왕'에서 말발굽의 소리를 '물레 짓는 그레첸'에서 물레가 돌아가는 모습을 '보리수'에서는 보리수가 바람에 흔들리는 모습을 나타내고 있다. 다양한 선율이 들과 숲을 지나 강으로 흘러 들어간다.

그는 짧은 생을 살다 갔지만 음악을 시에 담아 물레의 운율로 풀어냈다. 선율의 다양성과 깊이가 줄로 이어져 우리의 가슴에 감기고 풀린다. 우리가 듣는 음악도 기계음으로 흘러나오는 것이 아니라, 물레의 실타래로 감겨 돌고 풀려나가는 것이 아닐까. 희노애락의 흔들림이 아닐까.

하얀 아카시아 향기가 날리는 봄날, 빨랫줄에 백목의 흩날림을 본다. 백목이 아버지의 외출복이 되어 흰 두루막 입고 고무신 신고 길을 나선다. 꽃도 사람도 신도 길도 모두 하얗다. 하얀 흩날림이 주먹만 해 질 때 길은 돌아선다. 아버지도 어머니도 그렇게 떠나고 없다.

주인은 떠나고 돌지 않는 물레만 남은 자리가 쓸쓸하다. 나는 왜 오늘 이렇듯 물레를 찾는 길을 나설까. 여름 길목 어딘가에 있을, 어머니의 물레를 찾아 나선 것일까.

달의 향연,
어머니

옥상에 올라가 달을 바라본다. 갑자기 싸늘해진 날씨 탓일까. 오늘따라 달빛이 유난히 떨고 있다. 도시의 달은 바라보는 이가 없어 더 춥고 외롭다. 현란한 네온사인, 거리의 가로등 불빛에 따돌림당한 채, 저 높은 하늘에 덩그러니 홀로 떠 있자니 얼마나 춥고 쓸쓸할까.

어머니 심부름으로 삼촌 댁에 가는 대숲 길도 달빛이 있어 무섭지 않았고, 발걸음도 신이 났다. 달을 따라 신작로를 걸을 때 논두렁 풀잎, 풀벌레도 모두가 깨어나 넘실대는 벼잎을 타고 사각거리며 선율을 이룬다.

칠흑같이 캄캄한 밤, 산 능선을 살며시 넘어서 싸리문을 밀치고 문풍지 사이로 비춰 들어온 달빛, 문풍지를 바라보는 달빛은 은은한 정을 속삭인다.

음력 8월은 해마다 많은 일들이 스쳐 지나간다. 한가위, 시부모님 제사, 친정어머니 생신, 남편 아들 생일, 아이들 소풍 운동회,

집안의 크고 작은 행사가 8월 속에 거의 다 들어있다. 달력의 숫자에 동그라미를 씌우고 여백에 메모를 해두면 여백은 꽉 차고, 그것을 하나둘 지우며 지나가는 숫자들은 나와 함께 몸살을 앓는다. 우리 집에서 맞이하는 8월은 만월만큼 무겁고 꽉 차 때로는 미안한 생각마저 든다. 자식을 치자면 열두 자식 중 가장 힘든 일만 시키는 셈이고 보니, 차라리 다른 집으로 딸려 갈 것을 소원해본다. 하지만 어느 것 하나도 떠나보내거나 귀찮아해서는 안 될 일들이고 보면 그런 생각들은 어쩌면 나를 향한 공연한 투정인지도 모른다.

그래도 음력 8월이 좋다. 고향의 마당 덕석에는 해마다 풍성한 햇곡식이 널려있고, 내 유년의 하늘이 드높고, 운동장이 한없이 넓어 보이던 때도 8월이기 때문이다.

달빛이 마을 동산에 내리비치면 밤은 대낮인 양 동네 아이들이 뙤똥구리로 우르르 몰려와 숨바꼭질 하루야로 시간을 쫓고 자정쯤 되어 집으로 돌아가면, 그때까지 어머니는 달을 벗 삼아 질삼을 담아두고 노래 부르며 베를 짜고 계셨다. 어머니의 노래 가락을 타고 기우는 달의 기폭만큼 베폭이 길어지고, 길어진 베폭만큼 어머니의 얼굴이 달빛으로 환하게 비춰들었다.

그렇듯 훤한 달빛으로 차 있던 어머니도 이제 몸져누워 계시니 바라보는 빛 또한 슬프도록 푸르다. 평생을 시부모를, 남편을, 자식을 위해 섬광의 빛을 발하며 살아오신 어머니, 진정 당신의 몸은 돌아보지 않고 밤낮으로 일을 하며 몸을 삭여내고 비우며 살아오신 어머니가 아니던가. 지금 그 어머니가 당신의 몸과 마음의 월광을 잃어가며 허리를 제대로 펴지 못하고 빈 허물로 누워 계신다.

이태 전 밭길에서 미끄러져 심하게 허리를 다쳤을 때, 너무 아파서 집까지 근근이 기어 오다시피 했다는데 전화 한번 하지 않고 어째서 숨기고 혼자서 조약만 해 드시고 여태까지 지내셨는지. 내 생활 내 달력의 표시대로 살아가며 제대로 어머니를 보살펴 드리지 못한 회한이 무겁게 내려앉는다.

어머니는 올해 처음으로 도회지 아들 집에서 한가위를 맞게 될 것이다. 그 마음을 어떻게 헤아리고 계실까. 창틀 사이로 바깥을 내다보는 이 갑갑하고 암담한 회색 도시에서 어떤 색깔의 달빛이 어머니께 비추어 보일까. 고향의 마당가 우물 속에 가득 채워진 달빛은 온 밤을 어머니를 찾아 어디까지 나설까.

때때로 갑갑할 때 베란다 의자에 앉아서 먼 산을 바라보고 골목으로 지나가는 사람들을 한참이나 바라보다 방으로 들어와 눈물을 훔치시며 돌아눕는 어머니. 어머니 머리맡엔 당신의 옷가지가 든 가방 속에서 시골의 넓은 뜰, 우거진 대나무밭 밑에 있는 기와집. 그토록 부지런히 오르내리던 가느다란 논밭길의 발걸음이 꿈틀거린다.

여수를 달래는 어머니의 노래 가락이 흘러든다.

저승길이 길 같으면 오고가고 하련마는
저승길이 길 아니라 오고가고 못 하더라
강물이 문 같으면 열고닫고 하련마는
강물이 문 아니라 열고닫고 못 하더라

달은 점점 만월의 차림새를 가다듬어 간다. 손주와 자식들이 머물다 갈 방을 깨끗이 쓸고 추석 차례상에 오를 제수 하나하나를 정갈하게 준비하셨던 지난날의 어머니가 마을 앞 훤한 신작로로 걸어 든다.

창가로 스쳐가는 바람이 번진다. 알알이 영근 결실의 가을이 겨울을 부른다. 따스한 봄날이 동틀 녘이면 어머니도 자리를 털고 일어나 그토록 그리던 당신 집을 향해 조심스레 발걸음을 내디디시리라.

모든 것이 허물로 젖어 드는 시린 가슴, 저 아리도록 깊은 가르멜산* 고요한 적막의 어둠을 비추는 달빛을 찾아, 동공 속에 피어나는 당신 아들의 얼굴을 더듬으며 어제도 오늘도 구슬픈 로사리오 노래만이 끊임없이 원을 그리고 있다.

어느새 달빛은 은하수 계곡을 흐르고 있다.

* 가르멜 수도원이 있는 산(프랑스)

산을
바라보며

아파트 뒷산은 푸른 소나무로 출렁인다. 아침부터 햇빛이 한번 쏟아져 내리면 종일 진초록을 깔고 반짝이는 빛으로 충만하다. 나무를 이토록 가까이 바라보며 살 수 있는 행복을 이사를 와서야 비로소 알게 되었다. 가끔씩 먼 곳을 바라보며 저곳에 산이 있고 나무가 있거니 하고 살았는데, 산 가까이 이사를 와서 산을 바라보니 여러 가지로 신비롭고 정겨운 것이 한 두가지가 아니다.

아침에 일어나면 먼저 창을 열고 뒷산을 바라보며 상쾌한 공기를 가슴으로 싸하게 들이마신다. 신선한 기운의 시작이다.

아들이 대학 입학으로 서울로 떠났다. 함께 살 때는 때론 귀찮아 저 아이가 어디 가서 좀 지내다 왔으면 좋겠다는 생각을 한 적이 있다. 인지상정人之常情이라고 했던가, 막상 짐을 싸서 떠났다고 생각하니 가슴이 휑하니 찬바람이 들어오는 것처럼 시리다. 이런 것이 떠나는 것이고 헤어지는 것이구나.

아들을 보내고 돌아서서 뒷산을 보니 눈물이 맺힌다. 보낸 첫날

아들 방에서 잠을 자면서 아들에 대한 많은 것들을 떠 올려 보았다. 아들이 어려서부터 나는 직장에 다녔다. 어린것을 두고 일을 할 때 거의 하루 내내 아이에게 마음이 가 있었다. 그런 와중에 한번은 옆집 아줌마가 아이가 유치원에 다녀와서 엄마를 불러 보고 엄마가 없으니 가방을 던지고 고래고래 엄마를 부르며 통곡하듯 울더라는 것이다.

내가 직장 일을 마치고 돌아오면 가끔 아이는 얼굴에 눈물자국이 범벅인 채로 방에 쓰러져 잠을 자고 있었다. 그 모습을 볼 때 참으로 마음이 아팠다. 집에 돌아와서 엄마가 없으니 어린 것이 저렇듯 쓰러져 잠을 자는 동안 무슨 생각을 했을까. '엄마 미워, 나는 커서 엄마 같은 사람 안 될 거야' 이런 생각을 했으리라.

아들이 고등학교 2학년 때 어느 날 내 몸이 아파 갑자기 와르르 무너져 내리고 뼈까지 쑤셔왔다. 하루 이틀 지나면 괜찮으리라 생각했던 것이 나중엔 목까지 숨이 차올라 견딜 수가 없었다.

그때 내 일상은 내가 감내하고 살 무게만큼의 일이 아니었다. 병원에서 검진을 받고 약을 먹으며 의사 선생님의 지시로 휴양차 집을 떠나 밀양 어느 수도원에 두어 달 가 있었다. 그 무렵 아들은 아침 일찍 일어나 저녁 늦게까지 하루 종일 학교에서 책과 시름해야 하는 참으로 힘들고 중요한 시기였다. 거기다가 때때로 밥과 빨래까지 해결해야 했으니 어떠했을까. 나는 내 몸만 생각하고 아들을 그렇게 힘들게 한 것이다. 오히려 아들은 전화로 엄마 걱정을 하며 "엄마, 저는 괜찮아요, 엄마 몸은 좀 어떠세요?" 나는 그저 계절이 가고 오면 아들도 잘 크리란 생각을 가졌던 어리석은 엄마였을까.

내가 초등학교에 다닐 때 학교에서 돌아와 엄마가 집에 없으면 밭이나 논 어디든 달려가면 그곳엔 꼭 엄마가 있었다. 찾던 엄마가 밭에 있는 것이 너무 좋아서 달려가 와락 엄마 품에 안기면 "그래 밥 먹고 소쿠리에 담아둔 고구마도 먹어라." 하시며 엄마는 먹을 것을 꼭꼭 챙기셨다. 남은 시간도 엄마 옆에서 노는 것이 그렇게 좋을 수가 없었다.

내가 상급학교 진학으로 고향을 떠날 때 어머니는 객지에 가서 몸 건강히 공부 잘 하라고 당부를 했다. 어머니를 뒤로하고 동구 밖을 나갈 때 어머니는 그때까지 마당에 서 계셨다. 아마 내 모습이 보이지 않고서도 한참이나 서 계시다 집으로 들어가셨으리라.

방학 때 집에 오면 어머니는 형제들에게 인삼을 넣어 닭을 고아 먹이고 무슨 약초 뿌리 같은 것도 달여서 주곤 했다. 객지에서 공부하는 자식의 건강을 그렇게 챙기고 갈 때도 한 가지라도 더 싸서 보내려고 애를 썼다.

이제 내 아들도 그때의 나처럼 부모 곁을 떠난 것이다. 하지만 함께 만 살았지 한 번도 어머니와 같이 몸과 마음 가까이 두고 정성 다해 키우지 못했다. 그래서 이처럼 가슴이 쓰린 것일까. 그나마 함께 있을 때도 울 안에 있다는 생각으로 소홀했던 것들이 아들을 보내고야 알게 되었다. 아이를 잘 보살피지 못했던 것들이 이렇듯 한꺼번에 와르르 무너져 내리는 것일까. 하지만 엄마의 그런 이기심이 결코 엄마만을 위한 것이 아니란 걸 알고 있으리라. 엄마가 밉다는 생각으로 바로 보지 못하는 오만과 편견의 거울이 되어서는 안 될 것이리라. 생각해 보면 나는 철들지 않는 사람이 아닌가. 내가 내 아이와 같은 또래였을 때도 내가 엄마가 되었을 때도 그 시기를 잘 깨닫지 못하고 살아가니 말이다.

아들은 떠나고 뒷산은 내가 철이 들고서야 비로소 다가선 것이다. 멀리 있던 것이 이렇듯 가까이 와서 바람결에 살랑거리니 이어찌 예쁘고 소중하지 않으랴. 아들은 다시 먼 산이 되고 나는 먼 산과 가까운 산을 번갈아 바라보며 사는 길로 들어섰다. '엄마, 저는 괜찮아요, 제 걱정 마시고 잘 지내세요' 아들의 목소리가 푸른 소나무로 출렁인다. 이제 가슴을 활짝 열고 저 푸르름을 멀리서도 가까이서도 마음껏 호흡하며 바라보리라.

오늘도 아침 일찍 창을 열고 소나무와 얘기를 한다. 너희들 잘 잤니. 어서 밥 먹어야지.

느티나무
그늘

방학 때 딸이 서울에서 내려와 모처럼 시간을 보냈다. "엄마, 집이 이렇게 편한 줄 몰랐어. 정말 이런 기분은 처음이야." 오전 10시가 넘어서야 겨우 일어나 하는 소리다. 씻는 둥 마는 둥 다시 침대에 드러누워 음악을 듣고 차를 마시며 컴퓨터 앞에 앉았다가 이리 뒤척 저리 뒤척 하루를 잘도 보낸다. 제 방은 온갖 책이며 옷이며 잡동사니 집합소처럼 어질러 놓고 "정리쟁이 엄마 화내지 마." 이러며 치울 생각을 하지 않는다.

집을 떠난 생활이 얼마나 힘들었으면 저럴까. 그저 편하게 쉬려무나 하는 마음에 내가 한발 물러섰다. 방학 동안 집에서 그렇게 지내다 서울이 아니라 중국으로 떠난 것이다. 집을 떠나 낯선 곳에서 자리를 틀고 학문을 갈고 닦으며 살아갈 딸을 생각하니 시시로 내가 중국에 가 있는 마음이 된다. 딸을 보내고 어질러 놓은 방을 치우려고 문을 여는데 제 방을 말끔히 정돈해 두었다. 예상하지 못한 행동이었다. 게으른 줄만 알았더니 그게 아니었구나.

보지 않는 사이에도 조금씩 철이 들어가고 있었구나. 잠시 지내다 간 자리인데 딸의 체취가 물씬 스며들어 눈시울이 젖는다. 딸은 커 가면서 나의 그늘이 되어 준다는 생각이 든다. 조금씩 커가는 느티나무 같다는 마음도 든다. 성격이 과묵하고 고지식한 남편에게서 잘 느끼지 못하던 정이 어느 사이 딸에게서 그렇게 다가오는 것이다.

유학 간다고 친지들에게 받은 용돈으로 내 속옷과 맛있는 음식을 사주고, 챙겨갈 물건이며 내가 해주어야 할 일을 대신하는 모습을 지켜보며 참으로 대견하다는 생각이 들었다. 게으름을 피우면서도 때때로 설거지 청소도 하고 차를 끓여와 마주 앉아 모녀간의 정담을 나눌 때, 바로 이런 것이 행복이구나 하는 마음이 일었다.

느티나무는 고향 마을 동산에 서서 뿌리를 깊게 내리고 넉넉한 가지에 푸른 잎을 피워 그늘을 내린다. 여름이면 온 동네 사람들이 모여 더위를 식히고 장기며 바둑 질삼도 삼고 점심도 나누어 먹으며, 무더운 여름날을 보내는 마을 사람들의 아늑한 쉼터다.

농부들이 논밭에서 일하던 힘든 어깨를 잠시 내려놓고, 담배를 물고 두 다리를 쭉 펴고 드러눕기도 한다. 집안에서 일어난 일상의 잡다한 이야기를 풀어놓고 마음속의 이끼들을 씻어내고 비우는 가볍고 시원한 장소이기도 하다. 어쩌다 소나기라도 내리는 날이면 그곳에서 비를 피하기도 한다. 푸른 가지에 둥글게 그늘을 내리고 언제나 사람들이 모여들기를 기다리는 마을의 정자나무, 넉넉하고 시원한 그 자리에 동네 사람들이 즐겁게 누린다.

우리 곁에도 느티나무와 같은 인품을 가진 사람이 있다. 바라만 보아도 마음이 편하고 가슴이 열리는 듯한 희망이 비치는 사람이 있다. 그 품은 늘 편안한 느낌으로 다가선다.

언젠가 임어당의 '생활의 발견'을 보면서 느티나무 그늘을 생각하게 되었다. 넉넉하고 편안한 마음이 일었다. "현세의 삶에 모든 가치를 두고 이 지상을 있는 그대로 천국으로 보았다."는 그의 철학이 마음을 정연하게 한다. 행복에 대해 인생의 목적에 대해 우리 삶 그 자체를 물 흐르듯 유연하게 제시해 주고, 인생을 한편의 아름다운 자연시로 바라본 것이 그를 겸허한 모습으로 떠올리게 한다.

산과 들의 아름다운 정경 속 나의 유년은 자연이 준 선물이다. 그것이 얼마나 가치 있고 풍요로운가를 살아가면서 알았다. 그래서 시간만 나면 곧잘 아이를 가까운 산에 데리고 가서 그곳에서 자라는 나무와 작은 풀, 꽃 이름을 가르치고 여름이면 매미채를 들고 다니기도 했다. 한밤에 자리를 깔고 옥상에 드러누워 하늘을 바라보며 별의 노래를 부르며 할머니가 들려준 숱한 이야기도 해주었다.

딸아이는 어릴 때부터 유난히 책 읽기를 좋아했다. 그런 모습을 보며 은근히 걱정이 되었다. 딸아이 또래일 때 나는 책은 고사하고 시간만 나면 들로 산으로 마구 휘젓고 돌아다녔다.

아이는 빨강 머리 앤이라는 책을 아주 재미있게 읽었다. 텔레비전을 통해 빨강 머리 앤의 만화영화를 보고 좋아하는 모습이 눈에 선하다. 제일 감명 깊게 읽은 책을 들라면 당연 빨강 머리 앤이라고 말한다. 산 아래로 강이 흐르고 끝없이 펼쳐진 들판에서 젖소들이 한가로이 풀을 뜯는, 아름다운 캐나다 동부의 프린스

에드워드 섬을 배경으로, 루시 몽고메리의 특유한 문체가 마치 바로 앞에서 보는 듯한 느낌을 주는 뛰어난 묘사 때문이 아닌가 한다.

주인공 앤이 양녀로 들어가 살면서도 제 위치를 아주 잘 받아들이는 명랑한 성격으로, 풍부한 상상력과 재취로 가정에 웃음을 주는 줄거리로 재미있게 엮어진 캐릭터의 매력이 그렇게 좋았던 것이다.

들로 산으로 자연과 벗하며 뛰어다니던 나의 유년과는 달리 자연과 동떨어진 도시에 살면서 어쩌면 아이가 그런 책을 좋아한 것도 자연을 가르치고자 노력했던 나의 뜻이 조금이나마 아이 마음 속에 자란 것이 아닌가 한다.

강한 바람에도 크게 흔들리지 않는 나뭇가지, 언제나 제 자리에 서서 푸르고 단단함을 지키는 느티나무, 딸아이도 튼튼한 실력과 인품을 다듬어, 누가 기대어도 받아주는 한 그루 느티나무 같은 사람이 되기를 바란다.

넉넉한 그늘 아래서 편하게 쉬고 있을 나를 생각하니 절로 행복에 젖는다.

4중주

우리의 일상생활은 소리로 시작된다. 문을 여닫는 소리, 누구를 부르는 소리, TV 세탁기, 거리의 자동차… 이런 여러 가지 소리가 한데 어우러져 화성으로 악보를 만들어 간다는 생각을 해본다.

우리는 일생 동안 얼마나 많은 악보를 만들어 갈까. 태어날 때 울음소리를 시작으로 죽을 때까지, 가늠할 수 없을 만큼 만들어 낸다. 그중 가장 소중하게 남기고 싶은 악보는 무엇일까.

비발디 사계를 들어보면 봄의 소리는 유난히 경쾌하다. 생동감이 넘쳐흐른다. 동물이 긴 겨울잠에서 깨어나고, 갖가지 식물들이 새싹을 움터내는 소리, 논밭 갈이에 바쁜 소의 긴 울음소리, 이런 소박한 농민들의 생활을 그린 곡으로 잘 들어보면 마치 시냇물이 거세게 흐르다가 멈추어 웅덩이를 만들고 또다시 흘러 강을 이루는 자연 풍경을 떠 올리게 된다.

소리는 무형체여서 빛깔이나 무게 모양을 볼 수 없다. 그러나

음의 흐름을 읽고 마음에 담을 수 있다. 소리를 담아 풍경을 떠올리고 그림을 그려보기도 한다. 그렇다면 맹인들이 듣는 소리의 작품은 어떤 색깔이나 모양의 그림이 그려질까.

나는 '페르퀸트 조곡'이나 '모짜르트 곡'을 좋아한다. 모짜르트 음악은 명쾌하고 균형있는 선율에다 아름다움을 더하여 듣는 이로 하여금 감미로운 우아함을 자아낸다. 마음을 정돈되게 한다. 푸른 잔디가 어우러진 호수 길을 따라가는 서정에 빠져들기도 한다.

사람들은 저마다의 어울리는 악기가 있고 악기로 연주되는 곡이 있다. 멀리 떨어져 있어도 그를 생각하면 그에게 맞는 교향곡. 조곡. 가곡 또는 그 시대에 즐겨 부르던 유행곡이 스쳐간다.

슈베르트의 '겨울 나그네'는 추운 겨울날 실연한 청년이 홀로 방황하는 모습을 그리고 있다. 독신으로 살고 젊은 나이(31세)에 일생을 마친 그의 생을 비춰봄이라 하겠다.

남편에게 악기를 붙여 보라면 징이라 붙이겠다. 징은 전형적인 우리나라 악기로서 뭉치의 채로 크게 내리치는 것이 특징이듯, 남편은 어떤 일이 생기면 소리부터 크게 지르고 화를 버럭 낸다. 한마디로 성질이 급하다. 급한 성질만큼 가라앉히는 시간도 짧다. 금세 누그러진 표정으로 나타난다. 비록 말로서 사과는 안 하지만 누그러진 표정에서 느낀다. 징은 울림의 시작이 크고 여운이 길다. 둥근 모양에 채로 치는 소리의 여운이 남편의 생김새와 성격과 닮았다는 생각을 해본다.

징을 한 옥타브 낮추면 정이 될 것이다. 거친 숨을 몇 번 고르기로 연습하다 보면 금세 따뜻한 정으로 흐르지 않을까. 그 시간을 기대해 본다.

누가 내게 맞는 악기를 고르라면 피리를 고르겠다. 피리는 인생의 깊은 정서가 서려 있다. 유년의 추억일까. 향수일까. 친구와 나란히 둑길에 앉아 불던 보리피리, 학교 길을 오가며 즐겨 불던 버들피리, 달밤 평상에 누워 귀뚜라미와 화음을 이루던 피리 소리가 늘 귓가에 맴돈다.

딸아이는 하프의 소리로 키우고 싶다. 하프는 백조를 닮은 악기라고도 한다. 음색은 구슬을 굴리듯 연하고 부드럽다. 특이한 색채감을 불어넣은 느낌으로 여성스런 맛이 흐른다. 하지만 커 갈수록 기타 줄 튕겨내는 소리로 옥타브가 올라간다.

아들은 피아노 건반을 두드리는 소리다. 피아노는 음량이 풍부하고 여운 또한 깊다. 셈여림을 쉽게 변화시킬 수 있는 것이 제 성격과 흡사하다.

저마다 악기를 다룬다고 해서 목소리까지 악기 소리에 맞는 것은 아니다. 어떤 분이 내게 전화를 걸어 엄마 바꿔 달라고 한다. 어떤 때는 바로 "엄마 좀 바꿔 줘." 한다. 이런 말을 50대까지 들었다. 내가 타고난 음색이나 음량의 조율을 마음대로 할 수 없고, 뜯어고칠 수도 없기에 난감할 때가 더러 있다. 지금은 스마트폰이 있어 그런 일은 없지만, 그래도 가끔 전화를 받을 때 엄마 핸드폰 맞냐고 묻는다.

신이 창조한 많은 것 중에 소리만큼 위대한 것은 없다. 사람의 목소리는 물론 갖가지 식물이 크고 자라는 소리, 수많은 동물의 몸짓 울음소리, 사계절마다 불어오는 바람과 비 천둥 번개… 지구상에 이루 헤아릴 수 없는 다채로운 소리가 어떻게 창조되었을까. 무게도 형체도 빛깔도 없는 큰 위력에 견줄만한 것이 과연 또 있을까.

우리 삶은 소리로 만들어진 화음이고 악보다. 소리와 함께하는 사람은 크나큰 가치를 부여받고 살아가는 참으로 귀한 존재다.

징과 피리 하프와 피아노, 우리 가족의 4중주 음악으로 '비발디의 사계 봄'을 경쾌하게 연주하며 가장 소중한 악보로 남기고 싶다.

비오는 날의
회상

　창밖에 소리 없이 비가 내린다. 나는 나뭇잎에서 사그락사그락 소리 내며 내리는 봄비를 무척이나 좋아한다. 대청마루에 서서 앞산을 바라보면 갖가지 나무들이 움터내기에 바빠 봄비를 갈증 내듯 마셔대며 웃음 나누기에 정신이 없다. 마당 한 가운데 서서 하늘을 바라보고 입을 아! 하고 벌리고 있노라면, 빗방울은 얼굴 위 볼로 혀로 여기저기 떨어졌다. 떨어지는 빗방울을 쫙쫙 삼키곤 했다.

　봄비가 오는 날 우리 집 화단은 분주하다. 길게 뻗은 줄 장미는 모양 꾸미기에 정신이 없고, 하얀 옥매화는 봄을 마중 나가는 여인 마냥 눈가에 새록새록 미소를 달고 다소곳이 고개 숙여 인사를 한다. 돌 틈 사이로 뻗어 오른 난초는 화단의 입구를 단장하는 데 바쁘다.

　비가 오는 날이면 어머니는 바느질을 하신다. 맑은 날은 들로 나가 이 일 저 일 온갖 일 다 하시고, 비 오는 날만은 어머니에게 유일한 휴식일이다. 외할머니가 어머니 시집을 때 사 주셨다는 재봉틀을 돌리며 빗물과 같은 곡조를 담아 노래를 불렀다. 재봉틀 소리와 화음을 이루는 구슬픈 노래를 나는 아직 잊지 못한다.

갑자기 불어난 빗물 때문에 학교를 쉰 적도 많았다. 물이 불어 넘치는 샛강을 바라보며 저 강물이 우리 집까지 밀고 오면 어쩌나 하고 가슴을 조이기도 했다. 강물이 넘치지 않을 정도면 난 꼭 아재 등에 업혀서 강을 건너 학교에 갔다. 책보자기를 허리에 두르고 아재 등에 업혀 아재 목을 두 손으로 꼭 끼고 가는 학교 길이 신이나 강물이 넘치지 않게 비가 오기를 바랬다.

억수같이 내리치는 여름비는 천둥과 함께 내리치기 때문에 무서웠다. 밤이면 귀신불처럼 번뜩번뜩 창을 밝히고 귀신 이야기 벼락 맞는 이야기를 할머니가 들려주었기 때문이다.

여름비는 나에게 또한 좋은 추억을 주었다. 그것은 태풍이 지나간 후 떨어진 풋감을 줍는 것이다. 새벽이면 뒤질세라 감나무 밑으로 달려가 풋감을 주워 동이에 담가 두었다가 떫은 맛이 간 뒤 먹는 감 맛 또한 유별나다.

비 온 뒷날에는 세상 모든 것이 깨끗하고 찬란해 보이기에 그지없다. 꽃들은 말끔히 씻겨 진 옷으로 폼을 내고, 새들은 금세 다시 지저귄다. 들판의 곡식들도 무엇인가 새새 거리며 열매 맺기에 바쁘다. 학교 길은 새 신을 신고 오라고 손짓을 한다. 나는 그러노라고 답하고 맑게 흘러가는 고랑 물을 쏜살같이 타고 올라간다. 넓은 바위가 있는 곳에 벌써 내 또래의 조무래기들이 모여서 빨래도 하고 머리도 감고 발도 씻고, 종알종알 종일을 물소리와 함께 무엇인가 씻어댄다.

그러나 지금 내리는 저 창밖의 비를 맞는 내 아이들은 하늘을 향해 아! 하고 입 한번 벌릴 수 없음을, 고랑 물을 타고 올라가 머리 한번 감을 수 없음을.

지금 저 꽃과 나무들은 나를 향해 무슨 생각을 하고 있을까. 내 손에서 내 마음에서 전해져간 수많은 공해의 물질, 무언의 얼굴로 자꾸자꾸 바라만 본다.

04

작도정사(鵲島精舍)

작도정사 鵲島精舍

작도는 일명 까치섬이라는 뜻이다. 사천에서 곤양 인터체인지를 지나 서포 방향으로 십 리쯤 가다 보면 오른쪽 작은 숲길 안에 작도정사가 있다.

약 오백 년 전 경북 안동에서 수백 리 남쪽 사천 곤양을 찾은 퇴계 이황의 흔적을 기린 곳이다. 퇴계의 글재주와 덕망을 들은 곤양 군수 관포가 나이를 초월해 친교를 맺고 싶어 초대했다고 한다.

지금은 그곳이 평야로 되어 있지만 일본 강제 점령기 이전만 해도 그곳은 바다였고 바다 가운데 작도가 있었다. 일본 제국주의 때 갯벌을 간척해 평야를 만들어 지금은 넓은 들을 이루고 있다.

작도정사는 1928년 퇴계의 자취를 기리기 위해 유림이 세웠다가 1954년 지방 유지들에 의해 다시 복원해 현재에 이른다. 그동안 곤양향교에서 관리해 왔다. 행정구역이 서포로 바뀐 뒤, 지금은 관리가 허술해 기와도 기둥도 낡고 마당엔 온통 잡풀이 무성하다.

햇살과 바람이 키운 가을 들판은 황금물결을 이루며 넘실거린다. 고개 숙인 벼 위에 잠자리가 앉는다. 야트막한 언덕으로 올라가는 길에 만난 들꽃의 인사가 정겹다. 퇴계는 그곳에서 한편의 긴 시를 남겼다. 알알이 영근 파라칸시스의 하얀 꽃과 빨간 열매처럼 나이를 초월한 관포와 퇴계의 친교를 떠 올려 본다.

아버지는 곤양향교 출신이다. 1954년 작도정사를 다시 복원할 때 현판 글을 써 올렸다. 내가 태어나기도 전이다. 아버지는 남명 조식 선생의 배움을 이은 후학들에 의해 한학을 공부했다. 내가 태어나지도 않았을 때는 그곳 학당에 머물러 계실 때가 많았다.

성리학의 대가인 남명 조식 선생은 일생 동안 관직에 뜻을 두지 않고 학문을 닦고 제자를 기르며 살았다. 아버지도 학문은 깊었지만 관직에는 뜻을 두지 않았고, 문중의 족보를 편찬하는 일에 힘쓰셨다. 뒤에는 고향에 내려와 청년들의 야학에 힘썼다. 제자들 중 군수도 되고 면장도 되었다.

내가 어릴 때 만 해도 밤이 되면 동네 청년들이 우리 집 사랑방에 모여들어 글 읽는 소리를 자주 들었다. 아버지 방에는 사서삼경등 고서적이 많았다. 직접 엮은 책도 많았다. 지필로 쓴 문중의 족보도 여러 권이다.

아버지는 유교 관습에 따라 할머니를 극진히 모셨다. 매달 초하루와 보름을 정해 할머께 생일상 같은 음식을 차려 올리라고 어머니께 당부했다. 부모님 살아계실 때 잘 모셔야 한다는 생각에서다. 외출할 때도 돌아와서도 할머니께 인사는 절대 빠지지 않았다. 건강을 챙기는 것은 말할 것도 없고 잠자기 전에도 할머니 방문을 열고 편안히 주무시라는 인사를 꼭 드렸다. 우리 할머니는 아버지 어머니의 극진한 효도로 103세까지 장수하셨다. 할머니의 장수로 인해 어머니가 사천 군수 효부상을 받았다.

아버지는 배움에 대한 애착도 컸다. 아는 것보다 가벼운 보배는 없다고 누가 훔쳐 갈 수도 잃어버리지도 않는 얼마나 가벼운 보배고 재산이냐며 공부에 대한 중요성을 강조했다. 공부하지 않는 아이는 땀 흘리는 일을 시켰다. 공부도 싫지만 일은 더 하고 싶지 않기에 오빠들은 몰래 빠져나가 놀다 늦게 집에 들어오는 통에 꾸중을 자주 들었다.

아버지의 향학열에 삼촌과 우리 형제들은 대부분 대학을 나왔다. 삼촌은 부산교대 1회 졸업생이다. 당시 호롱불 켜고 사는 시골에서 대학은 꿈같은 일이었다. 산골에서 면 소재지까지 걸어 나와 부산까지 가자면 아침 일찍 출발해 차를 두 번 갈아타면 거의 하루가 걸렸다.

나는 공부가 싫어 고등학교는 안 간다고 했다. 하루는 아버지가 물었다. "너 고등학교 정말 안 가고 엄마 따라 일할 거냐?" 공부하기 싫어하는 자녀는 농사일을 시킬 것이라며 잘 되었다 했다. 몇 달 동안 집안일 심부름 등 일을 해 보니 너무 힘들었다. 또 친구들은 대부분 객지로 떠나간 뒤라 그때 서야 학교 보내 달라 졸랐다. 공부가 떨어져 부산으로 와서 몇 개월 학원에 다녀서 다음 해 입학했다.

오빠와 내가 방학 때 집에 오면, 아버지는 가끔 나와 오빠를 불러놓고 나에게는 곽 마리아 김활란 같은 주로 여성의 활약에 대해 말하며, 오빠에겐 중국의 유명한 학자나 우리나라 율곡 이이 이황 등 성현들이 남긴 발자취를 가르치며 학문의 중요성을 일깨워 주셨다.

아버지는 다섯 살 때부터 서당에 다녀 학문이 몸에 배어서 그런지 늘 책을 가까이 하시고 시조를 자주 읊으셨다. 그중 황진이의 "청산리 벽계수야 ~"를 하도 많이 들어 외우기도 했다. 그때는 몰랐지만 지금 생각해 보면 왜 술을 드실 때마다 시조를 그렇게 자주 읊으셨는지 그 뜻을 조금은 알 것 같다.

할아버지가 돌아가신 후 집안에는 어른이 있어야 한다며 타지에 계신 아버지를 할머니가 집으로 불러들였다. 농사일을 모르던 아버지가 집에서 머슴을 시켜 농사에 신경을 써야 하고, 문중 일의 책임감과 학문에 대한 애착도 컸지만, 그보다 더 큰 것은 할머니에 대한 효심이었다.

당시에 서울에서 신문이 배달되어 왔는데 거의 한자였다. 우리는 잘 볼 수가 없었다. 간혹 외국어(영어)가 있으면 자녀들에게 물어보곤 하시던 모습이 선하다.

고향길에 들어설 때 작도정사를 바라보면 아버지가 생각난다. 지방의 유림들이 모여 퇴계 이황의 학문과 뜻을 논하며 술 한 잔 기울이며 자자한 이야기꽃을 피우지 않았을까.

지금 생각하면 아버지의 딸로 태어난 것이 참 다행이라는 생각을 한다. 아버지가 아니었으면 나는 중학교 졸업하고 시골에서 농사지으며 살고 있을 것이다. 일하기 싫어하는 내가 과연 어떤 모습으로 살아가고 있을까.

하얀 두루마기에 중절모 쓰고 출타하시던 아버지 모습이 선하다. 지금 계신 하늘나라에서도 "청산리 벽계수야~"를 읊으시며 술 한 잔 기울이고 계실까?

바다,
그 얼굴

　여름은 바다나 강물 같은 색, 또한 산이나 들 위에 펼쳐진 초록이다. 누가 나를 보고 이 둘 중 하나를 택하라면 나는 초록을 택할 것이다. 강이나 바다를 싫어하는 것은 아니지만 물은 두려움의 대상이 되기 때문이다. 배를 타면 나는 물에 빠져 죽기라도 할 것처럼 무섭고 두렵다. 얼른 구석 자리를 먼저 살피고 구명보트나 구명 의가 어디 있는지 확인한다. 하지만 몇몇 사람들은 마치 땅 위를 오가듯 배 위를 자연스레 걸어 다니며 이야기를 나눈다.

　오래전 여름 때의 일이다. 친구 다섯이 제주도 여행을 갔다. 여비를 절약해야 한다는 이유로 비행기는 아예 생각도 않고 선비가 제일 싼 여객선 3등실을 택했다. 3등실은 좌석이 따로 없고 방처럼 되어있는 바닥이었다. 늦은 오후 부산여객터미널에서 출항하여 뒷날 아침 제주도 서귀포항에 도착하는, 그야말로 온 밤을 검푸른 물살을 가르며 떠가는 통통 여객선이었다.

　여기저기 사람들이 모여 짐을 내리고 더러는 밖으로 나가 바람을 쐬곤 하지만, 나는 무섭고 겁이나 밖에도 나갈 수 없고 잠도 잘 수 없었다. 바닥 모서리 구석에 쪼그리고 앉아 친구들과 얘기를 나누다 '이 배가 어디쯤 가다 가라앉을까' 하는 생각으로 두려움에 사로잡혀 꼼짝도 할 수 없었다.

4박 5일간 만장굴, 용두암, 천제연폭포, 한라산 백록담 등을 오르며 모두들 일탈의 해방감을 맛보고 자연에 감탄하며 즐겼지만, 나는 우리가 나중에 타고 갈 배에 대한 생각을 마음의 꼬리에 붙여 다녔다.

시외삼촌은 오래전에 밤낚시를 나가서 통영 앞 바다에서 배가 뒤집히는 사고로 돌아가셨다. 그 후 몇 년 뒤엔 작은 외삼촌의 큰아들이 근해에서 또 그렇게 떠났다. 외삼촌과 아들이 바다 어디쯤 수장이 되어 나란히 누워있다는 생각에, 바다를 바라보면 바다속 깊이만큼 갑갑한 무게에 가슴이 짓눌린다. 성묘 때가 되어도 갈 수 없는 그곳, 불측지변으로 남편을 자식을 그렇게 떠나보냈던 외숙모는 바다를 향한 한탄의 세월을 얼마나 앓고 사셨을까. 날마다 마을 뒷산에 올라 이름을 수없이 불러보지만 대답은 늘 메아리 되어 돌아왔으니 목줄기는 얼마나 탔을까.

외숙모도 이제 바다가 내려다 보이는 낮은 산 중턱에 누워계신다. 봉분에 비친 햇살이 아려서 서럽다. 죽어서도 저승길을 땅과 바다로 갈라져 만날 수 없는 길. 가끔 통영 앞 바다를 지날 때 바다를 바라보는 마음이 무거워 애써 고개를 떨구고 만다.

조선조 영조 시대의 정약용 선생은 전남 강진에서 18년의 긴 세월 동안 유배 생활을 했다. 사방이 산으로 둘러싸여 바다가 마치 커다란 호수를 연상케 하는 강진 앞바다. 그곳에서 선생은 한 그루 청송으로 서서 바다를 내려다보며 쓸쓸히 세월을 보냈으리라. 때로는 산허리를 돌아 은빛 잔광의 눈부신 바다를 바라보며 얼마나 깊은 회한을 달래고 씻어냈을까.

물결 위로 떠오르는 가족의 얼굴, 두고 온 정사, 하루에도 수십 번 서울을 향해 닻을 올렸을 것이다. 그 고뇌의 시간 속에도 오직 나라를 사랑하는 마음으로 〈목민심서〉, 〈흠흠심서〉 등 많은 저서를 남겼지만, 어찌 나라만을 사랑하는 마음이었을까. 어쩌면 홀로 살아내기 위한 다스림이 더 깊이 자리하지 않았을까. 선생은 갔지만 흔적만은 강진 앞 바닷속에 겹겹이 회한의 정서로 쌓여 층층이 가라앉아 있을 것이다. 때로는 성난 파도로 때로는 잔잔한 물결로, 큰 바위를 치고 가슴을 쓸어내리고 있을 것이다.

해마다 여름이면 많은 사람들이 폭우에 휩쓸려 떠내려갔다. 그들은 강을 타고 흘러가 바다 어디쯤 만나 살아가고 있을지 모를 일이다. 마음 맞는 사람끼리 만나 어떤 곳은 도시가 되고 어떤 곳은 시골 마을이 되어 살아가리라. 그 속에 외삼촌 부자도 함께하리라. 이렇듯 바다를 바라보면 거울처럼 떠오르는 얼굴이 있기에 내가 생각하는 바다는 더 무겁고 무섭게 다가오는 아픔이 느껴오는지 모른다.

사람이 태어날 때는 땅 위에서 태어나지만 죽음의 세계는 각각 다르다. 물과 땅의 세계가 있고, 어떤 이는 물로 어떤 이는 흙으로 돌아간다는 생각을 해 본다. 외삼촌은 물로, 외숙모는 흙으로 돌아간 결별이 애틋하다. 부부는 누구나 해로동혈을 최고의 행복으로 생각하고 나란히 누워있는 봉분을 보면 그 행복이 절로 느껴진다.

언제 걸어도 안전한 우리네 들길. 봄여름. 가을. 겨울. 색색으로 옷을 갈아입은 산길은 정겨움으로 편안함을 준다. 푸른 들판에 누워 고토를 향해 마음껏 어머니를 불러보다 어둠이 밀려와도 땅 위면 그저 위안에 든다. 돈이 없어도 내 한 몸 쉴 땅에 잠잘 집이 있으면 흡족한 것이다.

우리는 물 아닌 이 대지 위에 사람으로 태어난 것이 얼마나 행복한가. 바쁜 가운데도 고요한 숲속의 여유에 들어서, 나는 내 마음속 초록의 향유를 즐기며 살 것이다.

오늘도 3등호 선실이 아닌 땅 위를 걷는 일상이 내게는 여유 있는 행복이다.

육십 촉 알전구

　요셉 할아버지가 기거하는 방엔 어느 것 하나 정리된 것이 없다. 할아버지는 오랫동안 당뇨를 앓아 오른쪽 발가락 세 개가 잘려 나가 걷기도 불편하고 손가락도 굽어서 물건을 만지는 것 또한 서툴다. 할아버지는 서툰 손으로 방에서 전기 기구를 만지고 계신다. 방에는 온갖 잡동사니 전기 기구들이 어질러져 겨우 몸만 비집고 앉을 수 있다. 허리를 구부리고 돋보기 너머로 시선을 고정시켜 두고 있다.

　방을 둘러보니 장롱 옆에 제법 큰 크리스마스트리가 있다. 언제 만들어 두었는지 먼지가 부옇게 앉아있는 크리스마스트리에 불을 켜 보이며, 손수 만들었다며 다가오는 크리스마스 때 손자에게 줄 선물이라며 자랑한다.

　젊었을 때 전기 기술자로 일을 했단다. 이제는 일을 못 하니 취미 삼아 기구들을 만지나 보다. 발명도 몇 개 했다며 웃는 모습과 만드는 일에 몰입하는 모습이 진지하게 보인다.

요양원에 계신 어르신이 제일 좋아하는 것은 말벗이다. 가족과 떨어져 지내니 누구라도 곁에 와서 말이라도 걸어주면 좋은 것이다. 그곳에 계신 어르신들은 한번 입원하면 대부분 그곳에서 생을 마감한다. 완치되어 다시 집으로 돌아가시는 분은 거의 없다. 그래서 건강이 아주 좋지 않은 중증 어르신들이 대다수다.

지난해 가을 내가 자원봉사로 나갔던 요양원엔 서른 명 정도의 어르신들이 입원해 계셨다. 일 층에는 주간 보호 센터라는 방이 있었는데 그곳엔 몸이 덜 불편한 분들의 거처였다. 그 어르신들은 아침에 차량으로 와서 저녁에 집으로 가는 분들이었다. 왜 집에 안 계시고 이곳에 오시냐고 물으니, 그런 걸 왜 물어보냐며 면박을 준다. 말씀은 안 하시지만 아무도 없는 집이 적적하여 오시는구나 했다. 그분들은 스스로 몸을 움직이고 시키는 것을 따라하는 정도의 인지능력이 있어서 그림 그리기, 글쓰기, 무용, 노래 부르기 등의 프로그램 진행에 어린아이들처럼 잘 따라 한다.

2, 3층에는 정신과 몸이 온전하지 못한 중증 어르신들이 있다. 입원해서 상시 계시는 그분들은 몸도 마음도 늘 우울해 무슨 말을 해도 반가워하지 않는다. 치매 어르신들이 많았는데 말을 함부로 하고 이것저것 해 달라, 오라 가라 요구사항만 늘어놓는다. 정신은 늘 오락가락 하지만 몸은 정신만큼 불편하지 않아 자꾸 밖으로 나가려 한다. 여기저기 설치는 통에 여간 손이 많이 가질 않는다.

치매 어르신 중 한 분은 먹다 남은 밥이나 반찬을 챙겨 개에게 던져주는 버릇이 있었다. 아무리 하지 말라고 해도 막무가내다. 방에 가보니 벽에 개 사진이 붙어 있다. 집에서 기르던 개를 놓고 와서 보고 싶고 불안해서 못 살겠단다. 개 사진을 보고 "미미야 자자, 미미야 울지 마, 미미야 엄마 여기 있어 응~." 마치 집에서 기르던 미미가 옆에 있는 것처럼 얘기한다. 하고 싶은 말, 분한 말은 미미에게 다 일러바친다. 그런 어느 날, 담 너머 이웃집 개가 미미로 보인 것이었다. 미미가 혼자서 주인을 찾아왔다며, 어르신이 먹을 밥도 다 먹지 않고 던져주며 미미를 데리러 가야 한다고 문을 열어달라고 떼를 쓰는 통에 모두 한바탕 소란을 피웠다.

그날 이후, 요양원에서 그 어르신께 쌀 씻기를 시켰다. 한 가지 일에 집중하면 산만한 행동이 줄어든다는 의미에서다. 그래서 밥할 때만 되면 용케도 시간을 알고 부엌에 가서 쌀을 씻는데 소매를 걷어 올리고 쌀을 씻을 때의 모습은 마치 지난날 많은 식솔을 거느리던 어머니 모습 그대로다. 따뜻한 김이 솔솔 나는 밥이 차려진 두레상에 둘러앉아 맛있게 밥을 먹던 자식들이 생각나설까, 쓱쓱 스스 입소리를 내가며 흡족한 모습으로 쌀을 씻는다. 마치 요양원 반장이라도 된 듯 으스대기도 한다. 쌀 씻기를 다른 사람이 하면 반장 일을 빼앗기라도 한 듯 화를 버럭 내기 때문에 쌀 씻기는 아예 미미 엄마의 몫이 되었다.

다리를 펴지 못하고 걷지를 못하시는 분, 종일 휠체어에 앉아 계신 분, 종일 누워계신 분이 대다수다. 그중 어떤 어르신은 그나마 말을 잘 알아듣고 규칙을 잘 지킨다. 하지만 걷지 못하고 집이 없다고 한다. 어르신이 요양원에 입원하고 난 뒤, 기거하던 집을 아들이 의논도 없이 팔아버렸단다. 이후 자식들의 발길도 끊어졌다고, 그래서 집에 가고 싶어도 갈 집이 없다는 서러움에 눈물을 많이 흘리다 보니 눈이 침침해졌다.

학교에서 교장을 했다는 나이가 오십 대 중반인 어떤 여자분은 사지를 쓰지 못하고 말도 못해 하루 중 잠자는 시간을 제외하고 종일 휠체어에 의지하고 있었다. 늘 침을 흘리고 사지는 축 늘어져 스스로 할 수 있는 게 하나도 없다. 요구사항이 있을 때는 고래고래 고함을 지르고 필요한 것은 메모지에 적는데, 손이 뒤틀려 적은 글은 아무리 봐도 알 수 없다. 하지만 담당 요양보호사는 휴지 달라 물 달라, 써 놓은 글을 용케도 잘 알아본다. 그분은 한이 많은지 자주 가슴을 치며 운다. 멀쩡한 사람이 어느 날 혈압으로 쓰러져 건강을 모두 잃었으니 얼마나 서럽고 애달플까.

불행의 늪은 아차 하는 순간에 다가온다. 일찍부터 건강관리를 서둘러야 했지만 만시지탄이니 무슨 소용이 있으랴. 사회에선 그래도 존경받는 생활을 했는데, 요양원에서는 아무도 그를 대우해주는 사람이 없다. 그런 자신의 처지를 울음으로 토하고 싶은 것일까. 한번 울면 얼마나 크게 우는지 실내가 쩡쩡 울리니 울 때마다 곁에 있는 어르신들이 보다 못해 쫓아내라, 입에 테이프를 붙여라 등 한마디씩 불평을 한다.

대다수의 어르신들은 집에 가고 싶다는 말을 입버릇처럼 한다. 늘 자식에 대한 그리움과 자신의 아픔을 풀어놓으며 슬퍼한다. 하지만 그분들이 두고 온 집은 다시 돌아갈 수 없는 집이다.

요셉 할아버지는 그나마 병원 신세를 지지 않는 것만도 다행이란다. 내가 보기엔 병원 신세를 지고도 남을 분인데 저렇게 버티고 계시는 이유는 무엇일까. 손자에게 안겨 줄 크리스마스트리 때문일까.

어머니는 몇 해 전 요양병원에 입원해 계실 때 늘 자주 오라는 말을 했다. 하지만 사는 일이 무엇이 그리 바쁘던지 그 약속을 잘 지키지 못하고 게을리했다. 내가 튼 둥지만 들락거리며 살다 보니 어느 사이 어머니께는 무딘 가슴이 되어버렸다. 찾아뵙는 날도 오늘은 바쁘니 내일로 미루고 '오늘은 그런대로 잘 보내시겠지' 그 생각만 했다. 내가 마지막으로 뵈러 간 날, 느닷없이 어머니가 집에 가고 싶다고 했다. "엄마 다 나으면 집에 가요 예, 곧 다 나을 거야 응." 어머니께 상투적인 말만 남기고 온 바로 다음 날 새벽, 병원에서 전화가 왔다. 어머니가 운명하실 것 같다고 했다. 서둘러 차를 타고 병원에 도착하니 방금 운명하셨단다. 아직 온기가 채 가시지 않은 얼굴을 맞대고 비비며 "엄마, 잘 못했어요 미안해요 용서해 주세요." 어머니 가슴 위로 눈물이 하염없이 흘러내렸다.

어머니는 그렇게 신새벽을 열고 떠나셨다. 자식이 일곱이나 되어도 누구 하나 임종을 지키지 못했다. 우리 형제 그 누구도 어머니에게 갈 집이 없다는 서러움을 알지 못했다.

어머니가 떠나신 날은 복사꽃 피는 봄이었다. 화사한 봄날, 홀로 어머니가 이승을 떠나가는 날은 비가 주룩주룩 내렸다. 빗길을 가르며 공원묘지로 향하는 차선을 따라 우리 형제들은 청개구리처럼 어머니가 이승을 건너가는 강을 황망히 바라보며 울고 또 울었다.

요셉 할아버지의 기나긴 기다림도 눈 오는 추운 겨울날 끝이 났다. 썰렁한 장례식장에 차려진 빈소에 앞니가 빠진 요셉 할아버지가 웃고 계신다. 영정 사진 아래 할아버지가 만든 카세트에서 영가가 흘러나온다. 옆에는 할아버지가 평소에 만들어 둔 축음기 백열전구 등이 있고 왼쪽에는 크리스마스트리가 먼지를 쓴 채 반짝이고 있다. 그것들은 마치 문상객을 맞이하는 상주처럼 뿌였다. 누가 저것들을 갖다 놓았을까. 아마 성당 요셉회 할아버지들이 할아버지가 평소에 식구처럼 아끼고 만지던 것들이라 가져다 놓았나 보다. 요셉 할아버지는 눈 오는 겨울날 이승에서 아팠던 발을 고이 접고, 북쪽 하늘을 향해 마음껏 훨훨 날아가셨으리라.

내가 어릴 적만 해도 대개 가족은 한 지붕 아래 오손도손 살았다. 육십 촉 작은 알전구 아래 훤하게 둘러앉아 서로의 얼굴을 따뜻하게 바라보며 밥을 먹었다. 하지만 어느 사이엔가 우리는 부모님과 함께하는 생활을 벗어내고 있다. 어떤 방식으로든 부모님을 멀리하려 들고 늘 온기 없는 시선으로 바라보는 차디찬 가슴이 되어가고 있다.

세상도 어느 사이 육십 촉 알전구가 사라지고, 시리고 차디찬 하얀 수은등만 비추고 살아가기 때문일까.

온 가족이 한데 모여 따뜻한 정으로 내려다보던 육십 촉 알전구가 그리운 세상이다.

허물벗기

쓰레기통을 들고 현관문을 나가는데 앞집 문이 열려있다. 열린 문고리를 잡고 안을 살짝 들여다보니 이사센터 직원이 이삿짐을 싸고 있다. 갑자기 무슨 일이 있는가 하고 다시 살펴보니 아무도 없다. 이삿짐을 부탁하고 어제 모두 떠난듯하다. 돌아서 생각하니 좀 섭섭하다. 내가 무얼 잘못했나? 그래도 눈앞에 사는 이웃인데 인사라도 하고 갔으면 좋으련만.

그러고 보니 우리는 일 년 동안 서로 마주 보는 대문을 두고 왕래가 없었다. 어쩌다 전할 말이 있으면 벨을 누르고 열린 문을 사이에 두고 할 말을 전하고, 밖에서 얼굴이 마주치면 "안녕하세요?"하고 인사하는 정도였다.

늘 바쁘다는 핑계로 이웃과 차도 한잔 나누지 못했다. 차를 나눠야겠다는 마음은 먹었지만 주인 아주머니가 워낙 말수가 적어 차 한잔하자는 말이 쉽게 떨어지지 않았다. 아주머니도 외국어 학원에 다닌다며 집에 없는 날이 많았고, 나도 소일을 하던 터라

담소를 나눌 시간을 맞출 수가 없었다.

문득 이사는 허물을 벗는 것이라는 생각을 해 본다. 뱀은 일 년에 한두 차례 허물을 벗는다. 매미 역시 여름 한 철을 살기 위해 고통의 허물벗기를 마다않는다. 새들도 네 발 짐승도 해마다 털갈이를 한다. 사람의 이사도 이러한 이치가 아닐까.

이사의 허물을 자주 벗는 사람도 있지만 드물게는 평생에 한 번도 벗지 않은 사람도 있다. 하지만 대부분의 사람들은 일생에 몇 번은 이사의 허물을 벗는다. 굳이 가장이 전근을 가지 않아도 아이들이 상급학교에 진학을 하지 않아도 사람들은 묵은 환경의 때를 벗고 싶을 때 이사를 간다. 부동 재산을 늘리고 싶을 때도 마찬가지다.

우리 집은 이사 온 지 십오 년이 되었다. 사오 년 넘어서도 쉬이 정이 들지 않아 이사를 갈까 생각하다 이사를 해야 할 뾰족한 이유도 없고 해서 지금까지 이렇게 눌러앉아 살고 있다. 물론 햇수를 정해놓은 것은 아니지만 사오 년 살다 보면 벽도 누렇게 변색 되니 보기에 좋지 않다. 집안 공기도 답답할 때가 있다. 그럴 때는 집을 수리하거나 옮겨보고 싶다는 생각이 물씬 든다.

이사 갈 때는 집도 좀 더 크고 나은 걸 장만하고 싶고 가구도 새것으로 바꾸어 들이고 싶은 욕심이 든다. 그 또한 이사를 가지 못하는 이유 중의 하나인지 모른다. 하지만 더러는 새 아파트가 들어설 때마다 집을 마치 징검다리 건너듯 옮기는 사람이 있다. 성격 탓일 수도 있겠지만 대부분 투자의 가치를 쌓고자 하는 심리가 더 크게 자리한다.

친구는 현해탄을 건너 이사를 갔다. 말도 글도 생활방식도 다른 낯선 땅에서 뿌리를 내리는데 고생이 이만저만이 아니었다고 한다. 새순을 올리는 아픔이라고 할까. 가지의 혹독한 겨울나기를 수없이 겪고서야 정착의 꽃을 피웠으니 말이다.

요즘 우리나라도 외국인이 많이 들어와 산다. 인종도 문화도 뒤섞여 이면의 한국화가 되어가는 것을 볼 수 있다. 이들을 겉으로 보면 우리나라 사람이란 착각마저 든다. 같은 땅에 발을 딛고 공기를 마시고 살면 생김새도 닮아가는 모양이다. 그들은 모국을 떠나 먼 타국에서 환경의 껍질을 깎아내는 고통을 견디며, 과감하게 생존의 길을 모색하며 그들만의 새로운 세상을 만들어 간다.

어느해 여름, 아버지도 이사를 하셨다. 고향 마을 뒷산 서너 평의 자리에 혼자 외롭게 누워 계시더니 많이도 외로우셨는지 몇 해 전 어머니가 돌아가시자 천주교 공원묘지에 두 분이 나란히 누우셨다. 그 자리가 무척이나 편하신 듯 봉분 위에 자란 푸른 잔디가 나풀거리고 햇살이 살갑게 반짝인다.

이태 전에 또 고향 선산으로 다시 이사를 가셨다. 선산에는 조상이 모두 모여 층층으로 위계의 질서를 지키고 계신다. 이승에서 뿔뿔이 흩어져 살던 사람들도 저승에서 다시 만나 마을을 이루고 정답게 살아간다는 생각마저 든다. 그리고 보면 이사는 삶과 죽음의 경계를 초월한 듯하다.

가을이 깊어 감에 따라 산길의 나뭇잎은 하나둘 떨어지고, 허물 벗은 나뭇가지는 동면을 준비하고 있다. 앞집의 이삿짐이 빠져나가고 나니 갑자기 한기가 돈다. 잠시라도 내가 이웃의 온기가 되어주지 못한 것이 못내 미안하다. 나도 이 가을에 묵은 환경의 허물을 벗고 새 보금자리를 찾아 떠나고 싶다.

오리털
잠바

작은오빠가 오리털 새 잠바 하나를 사 왔다. 큰오빠께 전해주라는 것이다. 색상도 디자인도 잘 된 고급 잠바다.

남편이 퇴근해서 집에 들어오더니 "이 옷이 뭐야, 이거 내꺼야?"하며 허락도 없이 잠바를 턱 걸쳐보더니 "딱 맞네, 당신이 샀어?"안 그래도 이런 좋은 잠바가 필요했는데 자기 마음을 알아줘서 고맙다며 어쩔 줄 모른다.

순간 할 말을 잊어버리고 작은오빠가 사 준 것이라고만 했다. 저렇게 좋아하는 모습을 보니 도저히 큰오빠께 전해줄 것이라는 말을 할 수가 없었다. 뒷날 남편은 서둘러 잠바를 입고 현관문을 나서며 "잘 다녀올께"하며 출근하는데 발걸음이 신이난 듯 가벼워 보였다.

그날 이후 큰오빠의 잠바는 남편 것이 되어버렸다. 남편은 날이 별 춥지 않아도, 간단한 외출을 할 때도 그 잠바를 즐겨 입고 다닌다. 옷이 날개라는 말처럼 내가 봐도 폼이 나고 멋지다. 몸에도 딱 맞다. 그런 남편을 볼 때마다 마음이 편하지 않다. 큰오빠께 전해주지 못한 것도 그렇거니와 옷 하나에 저렇게 좋아하는 남편의 마음을 헤아리니 더 그렇다.

결혼해서 나는 남편의 옷을 제대로 사 주지 못했다. 계획을 세워두고 살아가는 살림은 그런 틈을 주지 않았다. 물론 내 옷도 잘 사 입지 않았다. 성격이 까다로운 남편은 무엇을 사도 꼭 마음에 들어야 하는 이유가 있고, 제대로 된 옷을 사려면 돈이 만만치 않아 옷은 뒷전이고, 어떻게 하면 형편에 맞게 살림을 잘 꾸려갈 수 있을까가 더 절박했다.

이런저런 이유로 우리는 옷을 각자 사 입는데 길들여져 버렸다. 그런데 잠바 하나가 남편 마음을 그렇게 흡족하게 만들 줄 몰랐다. 내심은 아내가 제 마음에 드는 옷 하나를 못 사 주는 것에 대한 불만이 컸을 것이다.

남편 손에 들려 옷걸이에 걸린 잠바가 제 주인을 만나지 못한 것이라 여기니 자꾸 오빠 얼굴이 스쳐간다.

큰오빠는 속마음은 따뜻한데 급하다. 급한 성격으로 남과 잘 어울리지 못하다 보니 외로움이 몸에 배었다. 한때는 외항선 선장으로 오대양 육대주를 누비며 무엇 하나 부러울 게 없었다. 동생들의 뒷바라지도 흔쾌히 받아들였다. 오빠의 사랑으로 나와 동생은 공부를 편하게 했다.

그런 오빠가 하선 후 서툴게 시작한 사업의 부도로 몸과 마음이 비 온 후 담벼락 무너지듯 내려앉았다. 이후 담벼락을 다시 쌓아 올리긴 했으나 기운이 다하지 못했다. 때가 늦은 것이었다.

오빠께 잠바를 전해주지 못했다 생각하니 가슴이 아프다 못해

시리다. 남편도 이유를 알면 당장 벗어주거나 새것을 사 주기라
도 하겠지만, 머뭇거린 내 잘못이 크다. 하지만 잠바 하나로 저렇
게 좋아하는 남편의 모습을 볼 땐 한편으론 잘했다는 생각도 든
다. 속내를 알아준 것 같다는 생각에 편한 마음도 든다.

요즘에는 옷이 흔하다. 한두 번 입고 버리는 일이 허다하다. 선
물로 들어온 옷도 마음에 안 들면 아예 입어보지도 않고 버리는
세상이다. 헌 옷 수거 날 보면 수거통이 가득 차서 더 넣지 못하
는 경우도 있다. 작아서 못 입는 멀쩡한 옷을 필요하다 싶어 주면
싫어하는게 다반사여서 아깝다는 생각을 하면서도 버리게 된다.

물질이 풍부할수록 인정은 삭막해진다. 길을 가다가 팔 하나 잘
못 스쳐도 욕설을 퍼붓는 이도 있고 비좁은 전철 안에서 발을 잘
못 디뎌도 고함을 치는 이가 있다. 질서는 좁아지고 무질서는 갈
수록 넓어진다.

무엇이든 부족해야 필요성을 느낀다. 남편도 마음에 드는 고급
잠바를 갖고 싶었지만 필요했기에 그렇게 좋아한 것이다.

어느 날 큰 마음 먹고 백화점에 가서 큰오빠께 드릴 도톰한 오
리털 잠바 하나를 샀다. 물론 아주 고급 잠바는 아니다. 오빠께
점심을 함께하자는 연락을 하고 만나서 작은 오빠가 사 준 것이
라고, 겨울에 따뜻하게 입으시라며 잠바를 건네 드렸다. 받아 든
오빠는 흐뭇한 표정을 지으며, 안 그래도 겨울 잠바 하나 필요했
다며 동생이 요긴할 때 사 주어 고맙다며 아주 흡족해 하신다.

겨울의 끝자락에 날을 잡아 오빠와 부모님 산소를 찾았다. 두
분이 나란히 누워 계신 천주공원 묘지다. 오빠도 나이가 드니 부
모님 생각이 자주 난다고 하기에 특별히 하루의 시간을 낸 것이

다. 묘지를 둘러싼 따뜻한 햇살이 살갑다 못해 눈이 감긴다.

　간단히 차려간 과일과 술을 올리고 오빠와 나란히 절을 드렸다. 마주 앉아 술잔을 서로 나누는 다정한 오누이를 보고 어머니가 미소를 지으며 나에게 속삭인다.

　'애, 네 오빠 오리털 잠바 참 따뜻하겠다.' 아버지는 '그래, 잘했다.' 돌아오는 발걸음이 오리털보다 더 가벼웠다.

단상

　수필의 본질을 터득한다는 것은 참으로 어려운 일이다. 어쩌면 인생의 먼 행로 끝에 서 있는 것처럼 아득하기만 하다. 때로 수필 쓰기가 힘들 땐 차라리 수필이 손으로 만드는 음식이라면 수필다운 맛을 내어 보겠다는 부질없는 생각도 해 본다.

　수필을 그림으로 본다면 풍경화일 것이다. 어떤 작가는 수채화라고 했다. 풍경화를 바라보면 마음이 편안하고 고요해진다. 바다의 풍경이든 산의 풍경이든, 시골 아니면 도시의 풍경이든 있는 그대로를 거짓 없이 드러내고 바라보는 이로 하여금 잠시 머물 자리를 내어 쉬게 한다. 꽃. 과일. 기물 따위를 그려놓은 정물화와는 대조적이다.

　수필은 넓은 정원을 가진 한옥으로 비유된다. 한옥은 도시의 양옥이나 빌딩과는 그 운치가 다르다. 몸맵시를 단장하고 돌출하여 우뚝 선 빌딩의 화려함이 어찌 정원을 가진 한옥에 비할 수 있을까.

수필은 향수다. 지나온 과거를 가슴속에 담아두고 하나하나 떠올리며 걸어온 길을 돌아보며 풀어낸다. 여름이면 시원한 버드나무 그늘 아래 돗자리 깔고 누워 푸른 하늘을 바라보는 아늑한 자리, 내 것이 아닌 것을 내 몸에 끼고 때로는 설 자리조차 없어 좁은 터를 비집고 들어선 타향의 자리에 비하면, 고향은 얼마나 넉넉한 수필의 몫인가.

수필을 쓰는 사람은 대체로 너그러운 면을 가지고 있다. 수필 작가는 경거망동輕擧妄動하지 않고 호언장담豪言壯談하지 않는다. 넉넉하지 않아도 있는 만큼의 여유를 드러내는 미덕이 있다. 마치 푸른 잔디 위에 넓은 자리를 깔아놓고 모두와 쉬었다 가기를 바라는 평원 같은 마음이 살아 숨 쉰다.

수필집은 수필을 쓴 사람의 몸이다. 자신의 세계를 꾸미는 조화가 아닌 자신의 삶을 진실되게 드러내어 피어낸 생화다. 때로는 저 산속에 홀로 피어나고 때로는 들에서 무리 지어 피어나는 꽃들을 보면 수필을 쓴 작가의 모습이 떠올라 취해 들기도 한다. 하지만 꽃도 같은 향기가 없는 것처럼 똑같은 수필의 냄새는 없다.

어느 작가의 수필집을 읽고 나는 그 작가에게서 신선한 해풍과 함께 실려 온 동백꽃임을 느낄 수 있었다. 짜고 거센 해풍을 받은 동백꽃 같은 글이 마치 열심히 일한 농부의 손마디처럼 굵게 다져진 것으로 보였다. 가지 끝에 피어난 빨간 동백꽃, 인고의 노력 끝에 피어난 인생의 꽃이다.

미용실에서 머리를 자르고 염색과 드라이를 한 후 거울을 보니 단정한 내 모습이 예뻐 보였다. 내 스스로의 창작은 아니지만 미용사는 사람들의 머리를 가위로 커트를 하고 파마를 한 뒤 멋지게 드라이를 해서 나름의 헤어스타일을 만들어 낸다. 그러고 보면 미용도 의복도 음식도 일상생활 그 어느 것 하나 수필의 몫이 아닌 것이 없다.

베란다 화분에 웃자란 가지를 치고 곁에 하나둘 자란 잡초를 뽑으며 이 또한 수필이구나 하는 생각에 사진을 찍었다. 사진 한 장에 수필 한 편 담았다. 잘 가꾼 꽃이 활짝 웃으니 내 마음도 기운이 찬다.

처음에 시 공부를 하다 수필로 건너왔다. 시 창작 시간이 바뀐 이유에서다. 시를 배우는 동안, 수필은 아무나 붓 가는 대로 쓰는 일기 같은 글이라는 생각에 수필을 등한시 했다. 수필 공부를 하면서 한동안 시 공부를 못하게 된 것에 미련을 떨칠 수가 없었다. 하지만 수필 공부는 하면 할수록 어려웠다. 시 쓰기도 어려운 것은 매한가지지만 내게 있어 수필은 쓰면 쓸수록 진하고 참맛을 우려내는 신비로움이 발견되었다.

피천득 선생은 수필을 곶감에 비유했다. 사계절 비바람을 이겨내고 햇볕에 다져져 추운 겨울에 초설과 함께 잠을 자는 곶감. 그 녹진한 맛의 풍미야 말로 인생의 참맛이 아니고 무엇일까.

수필쓰기가 어렵다는 이유로 게으름을 피우다 다시 시작하면서 아직 뿌리도 제대로 내리지 않은 나의 태도가, 풋감 하나가 툭 떨어져 굴러가는 경거망동한 행동이 아니고 무엇이겠는가.

곶감은 겨울에 제맛을 낸다. 곶감을 기억하며 잘 빚어 만든 음식처럼 나만의 수필 맛을 내 보아야겠다.

찻잔 속
풍경

　찻잔을 들고 앉아 벽에 걸린 풍경화를 바라본다. 액자 속 풍경으로 들어간 나는 숲길을 걷고 있다. 숲길이 끝나는 언덕 위에 노란 유채밭이 펼쳐진다. 건너 바다는 하얀 포말이 연신 일고 시원한 해풍이 옷깃을 스친다.

　차를 마시면 무엇인가 하고 싶은 이야기가 떠오른다. 마음속에 담아둔 이야기를 찻물로 우려내 입안을 적시면, 자르르 흘러드는 따스함이 온몸을 녹인다. 찻잔 위로 피어오르는 김이 사르르 잠을 부르기도 한다. 차를 마시는 풍경이 여유롭다.

　차는 집안의 향기다. 현관문을 들어서면 은은하게 코에 스미는 감미로운 향기. 고요한 분위기에 들어가면 나른한 휴식에 젖는다.

　나는 쑥차를 좋아한다. 쌉쌀한 쑥 냄새가 집안을 돌면 어릴 적 들길로 나가 쑥을 캐던 나의 모습을 작은 대바구니에 담는다.

　봄이면 쑥차를 만든다. 잘 자란 쑥을 캐서 말끔히 씻어 소금물에 살짝 데쳐 그늘에 말려, 볶은 콩이나 율무를 섞어 함께 갈아 만든 쑥차를 우리 집에 오는 손님에게 내놓는다. 그럴 때마다 한마디씩 듣는 말이 있다. 도톰한 찻잔과 넉넉한 쑥 향기가 꼭 나를 닮았다고. 어쩌면 그 말의 유혹에 쑥차를 만드는 솜씨 또한 늘어가는지 모른다. 요즘엔 우유를 섞어 쑥차라떼를 만들어 나만의 시간을 즐기기도 한다.

차에도 세대가 있다. 어릴 때 어머니는 겨울이면 대추를 고아 체에 걸려 만든, 걸쭉한 대추차를 사발에 가득 담아 몸살감기에 좋다며 할머니께 드리곤 했다. 여름이면 시원한 감주를 준비해 감나무 아래 평상에 둘러앉아 풀벌레 소리 들으며 가족과 즐겨 마셨다. 정다웠던 분위기가 아련히 피어오른다.

커피는 현세에 깔려 움직이는 춤이라는 생각을 해 본다. 요즘 세대들은 커피를 좋아한다. 브라질이라는 먼 나라에서 오래전부터 전해진 커피의 풍미가 요즘 세대에 걸맞다. 이국적인 분위기가 찻잔 위에 떠올라 처음부터 커피에 맛 들여진 세대들은 먼 나라를 동경하고 떠나고 싶은 유혹을 갖는지 모른다. 또한 하나의 열매로 갖가지 다른 맛을 내는 진풍경을 연출한다. 느끼는 감각도 음미도 제각기 달라 커피 속엔 언제나 동적인 맛이 흐른다.

유자차가 남풍을 가득 담았다면 녹차는 살결을 스민다. 남풍과 함께 실려 온 유자 찻잔 속에는 장다리 개나리 꽃잎이 실려 노란 빛깔 만큼 눈부시다. 분위기에 이끌려 "내 고향 남쪽 바다~" 아련한 옛 추억 한술 띄워 마신다.

녹차를 마시면 정신이 맑아지고 알싸한 온기가 온몸에 돈다. 드넓은 평원에서 녹차 잎을 한 잎 두 잎 바구니에 따 담는 정갈한 티

벳 여인의 모습도 비친다. 한잔 두잔 몸속으로 젖어 들면 어느덧 평원 속의 여인이 된다.

찻잔은 품위를 지킨다. 서로 말을 많이 하며 떠들썩한 분위기에서 주고받는 술잔이나 갈증 나면 마시는 물과는 격이 다르다. 안방에 자세를 갖추고 마주 앉으면 굳이 말이 없어도 찻잔 속에 잔잔한 교감이 흐른다. 마치 돛단배 하나 강나루 버들잎을 스쳐 지나가는 듯한 운치에 든다.

봄이면 모든 식물이 차가 된다. 겨우내 움츠렸던 새싹들이 환호하며 손짓하고, 자신을 내주어 누군가에게 맛으로 품위로 녹여내며 다가서는, 이 얼마나 우리 곁에 밀착된 사랑인가.

봄마다 쑥차를 넉넉하게 만들어 우리 집에 찾아오는 손님과 나눌 것이다. 누구나 설록차를 많이 찾지만, 쑥은 어디서나 잘 자라고 볼 수 있는 이웃의 맛이 있어 친숙하다.

질 좋은 질그릇의 도톰한 찻잔 속에 떠오를 내 모습과 품위를 가다듬으며, 햇볕 내리는 좁은 길을 따라 숲길을 돌아선다.

시원한 해풍과 고운 햇살, 연초록 잎들이 돌아가는 길을 숨죽여 열어준다.

안개 속
얼굴

비슬산琵瑟山이 온통 안개에 덮여있다. 하얀 솜뭉치 속의 세상으로 말려든 것 같다. 대견사지 삼층석탑 앞에 서서 우람한 바위들목에 마애불상을 바라보니 하얀 수염을 내려 쓰다듬는 위용으로 겁에 질린다. 안개가 산을 덮고 있으니 근두운을 탄 손오공이 되어 세상을 날아보고 싶다는 생각도 든다.

이슬비를 맞고 물방울을 대롱대롱 달고 있는 영롱한 진달래 꽃잎이 해맑은 웃음으로 어서 오라고 반기며 잔잔한 미소를 건넨다.

산 정상에 오르니 어디가 어디인지 분간이 안 간다. 잠시 뒤 진달래 숲길이 보인다. 교수님은 숲길을 보고 어릴 때 숨바꼭질 하던 기억이 떠오른다며 옛 시절의 즐거움을 말한다.

초등학교 5학년 때의 일이다. 안개비가 자욱하게 내리는 날 학교 길을 가면 앞에 가는 친구가 잘 보이질 않아 친구 이름을 부르면 "응" 하는 대답이 기쁨이 되어 안개비를 헤집고 메아리처럼 귀에 젖었다.

 학교를 파하고 집에 돌아오니 배달부 아저씨가 내 이름을 부른다. 다가가 저라고 하니 미납편지가 왔다며 돈을 내라고 한다. 갑자기 겁이나 엄마한테 가서 돈을 달라니 누구한테 온 편지냐고 묻는다. "나 한테"라고 하니 아버지 편지도 아니고 네 편지냐며 머리에 피도 안 마른 조막막한 것이 무슨 편지냐며 혼을 내고 돈을 내어 준다.

 편지를 들고 집 뒤 안으로 갔다. 뒤 안도 밝아서 다시 돌아 나와 집 앞 가지 밭으로 갔다. 가지 잎이 무성하고 키가 커서 그 사이로 숨어들었다. 편지를 꺼내 읽어보니 나를 좋아한다는 말이 적혀 있었다. 가슴이 철렁 내려앉았다.

 안개비를 머금은 가지 잎이 흔들려 떨어져 내리는 물방울을 흠뻑 맞은 탓에 한기가 들어 할머니 방으로 가서 잠에 들었다. 밤새 열이 올라 앓았다. 뒷날 할머니가 아파서 학교에는 못가겠다며 쉬라는데, 아버지는 학교에는 가야된다고 한다. 할머니 말이 떨어지자 바로 할머니 품을 파고들었다.

 마비정馬飛亭 누리길을 돌아 벽화마을을 지났다. 점심으로 먹은 산채 비빔밥이 꿀맛이다. 모두들 탁주를 권하기에 나도 마셨다. 어떨결에 두 잔을 마시니 몽롱한 기분에 즐거움이 솟는다.

 도동서원道東書院 은행나무 앞에 섰다. 은행나무는 수령이 400년을 넘었다고 한다. 김굉필 선생을 향사한 서원으로 은행나무를 일명 김굉필 나무라고 한다. 서원의 이름이 성리학의 도가 동쪽으로 왔다는 의미라고 한다.

 유생들의 기숙사였다는 동재와 서재 안에 들린 우리 일행은, 출발 OX 문제를 풀었는데 다수결의 원칙에 따르는 나의 의지에 상품권을 받았으니 기분은 호사다. 갑자기 비가 주룩주룩 내린다. 모두 우산을 쓰고 마당으로 내려와 만남의 노래를 부르며 흥겨워했다.

불혹에 들면서 처음으로 초등학교 동창회에 참석했다. 어떤 남자친구가 내게 다가오더니 어디 사냐며, 잘 사냐고 연거푸 안부를 묻는다. 또 얼굴이 둥글고 통통한 친구가 오더니 "너 그 집 앞 노래 알지? 내가 그 집 앞 노래를 무척 좋아해. 초등학교 다닐 때 너희 집 앞을 지날 때마다 그 노래를 불렀어. 지금은 너도 없고 그곳으로 갈 일도 없지만 요즘에도 가끔 네 생각으로 부르곤 해." 순간 가슴이 예전처럼 또 철렁 내려앉는다. 혹, 이 친구가 그때 미납편지를 보낸 친구인가? 절대 아닐거라며 애써 고개를 젓는다.

문우들과 찻집에 둘러앉아 대추차를 마시며 잠시 동창회 생각에 든다. 우리 반 반장일까? 아니면 학습 부장, 아니면 키다리 친구, 아무리 생각해도 알 수가 없다. 지금은 먼 과거의 일이지만 안개가 낀 날이면 가끔 추억의 편지에 빠져드는 건 왜일까.

남지 유채밭을 바라보니 유채는 옷을 떨구어 내고 나신으로 비를 맞으며 춤추고 있다. 살랑거리는 바람결에 서로를 얼싸안아 춤은 고저의 템포로 리듬을 맞춘다. 싸하게 불어오는 비바람을 맞으니 상쾌하다.

안개비 내리는 날 비슬산을 오르며 비슬산은 비가 슬슬 자주 내린다고 하여 비슬산인가 했더니, 산 정상의 바위 모양이 신선이 거문고를 타는 모습을 닮은 것을 따서 지었다고 한다. 신선이 거문고를 타면 꼭 안개비가 슬슬 내리지 않았을까?

　돌아오는 버스안에서 봄 문학기행의 즐거움의 피로에 젖어, 어두워지는 차창을 바라보니 또다시 편지를 써 보낸 친구의 얼굴이 지나간다. 우리 반 반장일까, 학습 부장일까, 키다리 친구일까, 아직도 오리무중이다.

아마릴리스 사랑

황금련

05

불리는 이름

백년해로

흔히들 백년해로白年偕老 란 말을 즐겨한다. 부부가 같이 늙고 죽어서도 함께 묻힌다는 뜻으로, 생사를 같이하자는 사랑의 맹세를 비유하는 말이다. 같은 뜻으로 해로동혈偕老同穴 이라고도 한다. 요즘은 세수歲壽가 늘어나 그런 사람이 드물지 않지만 나의 조부모 시대만 해도 이루고 싶은 꿈이었다.

일생을 백 년으로 본다면 반환점은 오십일 것이다. 오십 대까지는 태어나 성장하고 결혼해서 가정을 이루고 사회적 직위나 궤도에 올라선 나이다. 오십 대가 목표지점, 말하자면 꼭짓점이고 반환점인 셈이다.

목표지점에 도달하기까지의 모습은 천차만별이다. 열심히 일하는 가운데 순탄한 사람이 있는가 하면 태풍과 비바람을 맞으며 견뎌내는 사람이 있다. 또한 힘겨운 나머지 포기하고 주저앉으며 세상을 등지는 사람도 있다.

산을 힘겹게 오르다 정상에 다다르면 목적지에 올라왔다는 안

도의 숨을 내쉰다. 오르면서 몇 번이나 나무에 걸리고 돌부리에 부딪히고 숨을 가쁘게 몰아 쉬기도 한다. 정상에 올라간 뿌듯한 쾌감은 세상을 다 가진 듯한 기세로 어깨를 편다.

잠시 앉을 자리를 찾아 휴식을 취하면서 산 아래 시市가지를 내려다보면 산과 들 바다가 한눈에 들어온다. 흥분된 기분으로 야~호를 거듭 외치며 행복감에 취한다.

세상을 보고 하늘의 뜻을 알 수 있다는 지천명知天命의 나이가 바로 산 정상에서 하늘을 가장 가깝게 볼 수 있는 나이이다. 그 나이에 들어서면 어디서든 가슴을 활짝 펴고 나 이렇게 잘 살아왔노라고 마음껏 외쳐 보아도 좋을 일이다. 얼마나 시원하고 가슴 벅찬 기쁨인가.

잠시 쉬었다 왔던 길을 다시 내려갈 때는 몸이 훨씬 가볍다. 9, 8, 7...이렇게 숫자 하나만큼의 짐을 버리고 내려가는 기분이 된다. 오십 대까지는 펴는 나이이고 올라가는 나이지만 꼭짓점을 돌아 내려가는 나이는 접는 나이이다. 하지만 요즘은 꼭지점이 오십이 아니라 육십으로 바뀌가고 있다. 수명도 산업발달과 발을 맞춰가는 것이다.

꼭짓점을 돌아서 다시 출발점에 선 나이가 백수白壽 라는 생각을 해 본다. 세상을 단순하게 바라보고 깨끗한 마음을 가진 어린아이로 돌아간다는 말처럼 더 가질 것도 버릴 것도 없는 무無의 상태에 든다는 의미다. 살아온 짐을 다 내려놓고 출발점에서 다시 선 자세, 그것이 바로 자연으로 돌아가는 백년해로겠다.

구순을 바라보는 큰언니는 허리가 굽었다. 밖을 나갈 때도 지팡이를 짚고 다닌다. 젊었을 때는 시간을 놓지 않고 일을 했다. 형부의 부지런함도 큰 몫을 했다. 그 덕으로 자녀들은 장성하여 가정을 잘 꾸려가고 가산도 넉넉하다.

허리를 제대로 못 펴고 살아가는 언니는 오르기만 하다 보니 내려가는 시간을 잘 접지 못했다. 작물은 무조건 거름을 많이 줘야 잘 자라고 열매를 튼실히 맺는 것만 생각하고 자식도 그렇게 키웠다. 나무는 거름을 주어야 잘 크기도 하지만, 제 잎을 떨구어 거름으로 삭여 먹고 자라는 산의 나무도 있지 않은가. 비바람을 스스로 이겨낸 산 나무의 열매는 더 튼실하다.

자식이라는 나무에 생의 거름을 다 퍼주고도 모자란다는 생각으로, 쉬어야 할 때도 쉬지 못하고 저렇게 몸을 삭였으니, 이제 자신은 물기 하나 없이 바삭거리고 휘어진 나무가 되었다. 언제 꺾여 내려앉을지 모를 일을 걱정하며, 지팡이에 의지하며 걸어가는 언니의 뒷모습을 보니 눈물이 난다.

내가 꼭짓점의 나이를 돌아내려 온 시간도 많이 지났다. 아이를 키우고 가정을 꾸리며 오르는 시간이 무척 힘겨웠지만, 이제부터라도 한 계단씩 내려가는 시간을 잘 짜서 후회하는 일이 없도록 실천에 옮겨야겠다. 하지만 나 또한 아직 자식 걱정, 남편 건강, 손자 걱정 등 많은 것을 내려놓지 못하고 있다. 이 모든 것이 어쩔 수 없는 숙명이고, 출발점을 향해 내려가는 길에 놓인 운명이라는 생각을 해 본다.

요즘은 어제의 시간이 너무 멀리 있음을 느낀다. 방금 한 일도 생각이 나지 않고 자주 잊어버리는 통에 당황할 때가 한두 번이 아니다. 손에 물건을 들고서 여기저기 돌아보며 찾는 경우도 허다하다.

백년해로라는 말을 되새겨 본다. 지난 시간을 돌아보고, 남아 있는 자리를 반질하게 쓸고 닦으며, 머리를 가지런히 빗고 옷 매무새를 가다듬어 본다. 거울을 보면서 누가 뭐래도 나는 잘 살았노라고 크게 말할 수 있는 사람이 되어야겠다. 누구든 그 즈음이면 그럴 자격을 다 갖춘 사람이다.

언니께 전화를 걸어 요즘 건강이 어떠냐고 물어본다. "어떻긴 어때, 그냥저냥 살아가지. 밭에 풀이 많이 자랐는데 마음뿐이다." "형부는?" "큰 밭에 씨앗 뿌리러 갔다." 언니가 일을 완전히 놓는 것은 몸을 움직이지 못할 때라는 걸 생각하니 우울감이 입안을 적신다. 그래도 구순을 바라보는 두 분이 마음 맞추어 잘 살아가니 백년해로百年解老 하기를 기도해 본다.

불리는
이름

　내가 태어났을 때 첫 이름은 끝선이다. 말하자면 집에서 부르는 이명異名이다. 일곱 번째로 때어나 그만 낳는다는 뜻으로 지은 이름이라 한다. 하지만 아버지가 금연金蓮이라 지어 호적에 올렸다. 금같이 귀한 연꽃이란 뜻이란다. 아버진 내가 태어난 일시를 짚어보고 뜻을 두어 지으셨단다. 한자어에 능통하신 아버지는 작명가는 아니지만 우리 형제들 이름에 각자 나름의 의미를 두어 지은 이름을 호적에 올렸다. 아버지도 이명이 있고, 큰언니와 셋째 언니도 나처럼 이명을 가졌다.

　집에서 끝선이란 이름으로 계속 불리다가 초등학교 입학을 할 때 왼쪽 가슴에 금연이란 이름을 달았다. 내 이름이 아닌 것 같아 이름표를 자꾸 쳐다보며 어색해했다. 하지만 친구들이 자주 불러주니 날이 갈수록 금연이라는 이름에 조금씩 익숙해졌다.

　남녀공학인 중학교에 다닐 때의 일이다. 어느 날 우리 반 남학생이 나에게 살짝 다가오더니, 정면에서 "담배를 피우지 말자."

하고 킥킥거리는 거였다. 몇몇 남자애들은 즐기듯이 따라서 같이 거드는 것이었다. 나를 놀린 친구가 너무 싫었고 학교에서 그 애만 안 보면 좋겠다는 생각으로 다른 길로 다녔다.

여고 입학원서를 쓰면서 연을 련으로 바꾸어 금련金蓮이라 썼다. 한자어 표기로 보자면 맞는 말이다. 두음법칙을 알아서 그랬는지 모르지만 '담배를 피우지 말자'라는 친구의 놀림이 가슴에 딱지로 붙어서 지워버리고 싶은 생각이 더 컸던 것이다. 그 이후 대학 때도 사회생활의 전반적인 이름을 표기할 때도 어김없이 금련이라 적었다. 하지만 주민등록증. 여권. 은행 통장 등 정확한 증빙이 필요할 때는 금연으로 써야 했다. 지금도 그렇게 쓴다.

지하철 2호선이 생기고 금련산金蓮山역이 있다는 걸 알았다. 한글이나 한자어가 내 이름과 똑같았다. 어느 날 지하철을 타고 가면서 금련산도 금련산역도 있으니 나는 산을 가지고 역도 가진 부자라며 혼자서 피식 웃었다.

금련사金蓮寺라는 절은 부산 수영구 광안동에 있다. 금련사는 도심 속 조용한 사찰로 벚꽃 수국 단풍으로 유명하다. 군수사령부 예하 군법당으로 운영되며 나라를 위해 헌신하는 국군 장병에게 위로와 힘이 되는 법당이란다. 나는 불교 신자는 아니지만 금련사라는 절 이름에 편안함을 가진다.

내가 세례를 받을 때 마리아라는 세례명을 받았다. 세례명은 작은 오빠가 지어준 이름이다. 양력 생일이 성모마리아 대축일 날이기도 하니 그런 것 같다.

성당 사람들은 금련이는 잘 모르고 만날 때마다 "마리아"하고 부른다.

블로그에 가입하면서 닉네임을 데이지라고 했다. 데이지꽃은 야생화는 아니지만 민들레꽃만 한 크기에 하양 연분홍 등의 색깔로 동글동글 피어나는 순하디순한 꽃이다. 꽃말은 평화, 순진, 미인이다. 평화라는 꽃말이 마음에 들었다. 화분에 소담하게 모여 함께 피어있는 모습이 사랑스러워 나도 데이지꽃을 닮고자 지은 이름이다.

　데이지라는 이름은 내가 내 이름을 지었다는 것에 의미를 둔다. 데이지꽃 화분을 창가에 두고 차를 한잔 들며 '데이지, 차 맛 어때? 데이지, 숲속 나무들의 유희 좀 봐… 여유있는 달콤한 시간이다' 라고 이야기를 주고받는다. 이때 데이지꽃이 말을 한다면 나를 뭐라 불러주면 좋을까. 끝선 금연 금련 마리아…

　여러 가지 이름에는 제각기 뜻이 있고 역사가 있다. 나라 이름도 지역 이름도 마찬가지다. 방방곡곡의 고장엔 그곳만의 특유의 이름이 있고 유래가 있다.

　어떤 건물이나 물건에도 이름이 없는 것이 없다. 붙여진 이름은 제 모습과 생김새와 흡사하다.

　사람도 마찬가지다. 남녀를 구별하여 이름을 짓고, 집안의 내력으로 돌림자를 쓰기도 한다. 작명가는 태어난 해와 일 시를 보고 이름을 짓는다. 예술가는 자신이 쓴 글씨나 그림을 완성한 뒤 작품 끝에 호를 써서 낙관을 찍기도 한다. 모두 나를 지칭하여 담은 그릇이다.

　예전에는 태어났을 때 곧바로 출생 신고를 하지 않고 가명이나 별명을 지어 불렀다. 그러다 한두 해가 지나서야 본명을 지어 호적에 올리곤 했다. 내 친구만 해도 금안이 판돌이 외자 등 가명이 많다. 하지만 대개는 가명 그대로 쓰는 경우가 있어 오랫동안 친구들에게 놀림을 받기도 했다.

친구들은 간혹 내 이름이 예쁘다는 말을 한다. 어떻게 그 시절에 그런 이름을 지었냐며, 잘 외우는 이름이라 잊지 않는다는 말도 한다. 웃는 내 표정과 어울린다는 말도 한다. 하지만 그들도 내 이명을 알면 생각이 조금 달라지지 않을까.

금련. 마리아. 데이지. 내가 생각해도 괜찮은 이름이다. 만약 내 호를 남긴다면 어떤 이름이 좋을까.

오사일생 五死一生

　병원 생활 두 달이 넘으면서 걸음걸이가 수월해졌다. 갑갑한 병원 생활은 삶을 무의미하게 만드는데 일조를 한다. 답답함을 이겨보려고 병원 옥상 정원에 올라가 바람도 쐬고 건너의 풍경도 바라보며 마음을 다잡는다.

　지난여름 성당에서 낮 미사를 마치고 대로를 지나 시장에 들어서는 건널목에서 교통사고를 당했다. 파란불이 분명히 켜있는 것을 확인하고 건너는데 갑자기 탁하는 소리와 함께 넘어져 정신을 잃었다. 깨어나 보니 내가 차 밑에 깔려있었다. 순간 너무 무서웠다. 곁에는 사람들이 모여서 웅성거리며 어서 병원으로 가라고 재촉한다. 겨우 몸을 부추겨 세워 차에 실려 가까운 병원에 갔다.

　병원에서 접수를 하는 동안 서울에 사는 아들한테 전화를 했다. 아들은 겁에 질려 경찰서에 먼저 신고를 하겠다고, 곧바로 내려갈 테니 안심하라고 신신당부를 한다. 그 와중에 사오십 대 되어 보이는 여자 운전기사는 경찰서에 신고하지 말고 합의를 하면 안

되겠냐며, 소파에 몸을 겨우 의지하고 있는 나를 부추긴다. 아들이 서울에서 내려오고 있으니 아들한테 말하라 했다. 경찰이 와서 조사를 하니 운행 중 핸드폰을 보다가 빨간 신호 등을 미처 확인하지 못하고 그대로 주행을 한 것이 드러났다.

CT를 찍고 여러 가지 검사를 해 본 결과 팔다리 머리 부분에 타박상을 입었을 뿐 큰 이상이 없다고 한다.

아들이 교통사고는 금방 나타나는 게 아니라고 차에 부딪혀 시멘트 바닥에 넘어져 의식을 잃었으면 크게 다친 거라며 나를 한방병원에 입원시켰다. 아니나 다를까 하루 이틀 지나니 온 전신이 쑤시고 아파오기 시작했다. 몸 이곳저곳 멍이 퍼렇게 들었다. 침과 한약 물리치료를 하며 다스리니 조금씩 좋아졌지만 후유증은 아직이다.

여섯 살 때쯤 집 앞 우물에서 물바가지로 물을 뜨려다 거꾸로 우물 안으로 쑥 빠져버렸다. 어른들이 물을 뜨는 모습을 보고 따라했던 것이다. 그때 마침 이웃집 학래 엄마가 우물가를 지나다 광경을 보고 급하게 나를 건져 올렸다. 엄마는 죽을 딸이 학래 엄마가 살렸다고 떡을 해서 이웃과 함께했다. 학래 엄마는 가끔 우리 집에 와서 자기가 이 집 막내딸을 살렸다고 자기가 아니었으면 죽었을 거라고 자랑삼아 얘기를 한다. 그 후에도 엄마는 학래 엄마한테 베푸는 걸 마다하지 않았다.

다섯 살 때쯤, 뒷간을 돌아서 통시(변소)에 가다가 발을 헛디뎌 변소에 푹 빠졌다. 아마 대변이 급했던 모양이다. 때마침 아재(머슴)가 헛간에서 일을 하다 나를 보고 바로 건져 올렸다. 그때는 똥을 퍼서 밭이나 논에 거름을 하던 터라 변소 턱을 높게 쌓지 않고 깊었다. 온통 똥물을 쓰고 있는 나를 물을 데워서 씻기고 똥 냄새가 집안에 진동을 하고 난리도 아니었다. 그때도 엄마가 죽을 딸이 살아났다고 떡을 해서 동네 사람들과 나누었다.

공무원 생활을 할 때 아침에 화장실에서 뒤로 넘어져 의식을 잃어 병원에 실려 갔다. 이틀을 깨어나지 못했다. 그때 상사가 나를 집요하게 사사건건 간섭을 했다. 어떻게 하면 상사한테 꾸중을 듣지 않을까 염려하며 계속 업무에 시달린 게 화근이었다. 병가를 내고 오랫동안 치료를 해도 낫질 않아 직장을 결국 그만두었다. 그 무렵 엄마가 딸을 살리기 위한 정성은 말로 다 할 수 없다.

신혼생활 때는 연탄가스에 중독되어 병원에 실려가 겨우 살았다. 조금만 늦어도 큰일 날 뻔했다는 의사 선생님 말을 듣고 남편이 얼마나 혼쭐이 났던지 제정신이 아니었다고 한다. 이제 갓 결혼한 새색시가 죽었으면 어떠했을까. 모르긴 해도 남편에 대한 부모 형제의 태도가 가혹했으리라. 사람들은 이런 나를 보고 수명이 길거라 한다.

나는 가끔 생각한다. 나를 살려준 학래 엄마한테 은혜를 베풀지 못하고 세상을 떠나서 참 미안한 것을, 남편이 일찍 죽고 네 아이를 보따리 장사로 살아가던 학래 엄마가 아니던가. 그래도 아버지가 우리 집 뒤 밭을 내주고 집을 지어서 살게 했으니 남의 집 셋방에 살다가 집이 생긴 것에 얼마나 고마워하던지, 그 마음으로 우리 집안일을 자주 거들어 주곤 했다. 아마 어린 딸을 살려준 것이 보답을 갚는 길이라고 생각했으리라.

변소에서 나를 건져낸 아재는 그 뒤로 몇 년이나 우리 집 머슴을 살았다. 그때 내가 철이 없어 고마움을 몰랐고 상급학교 진학으로 객지로 나온 이후 소식조차 모른다.

　남편은 지금까지 함께 살아온지라 서로 싸울 때도 많지만 가끔 생각하면 그때 남편이 없었으면 죽었을까, 아니면 어떤 모습으로 살아갈까? 하는 생각에 마음을 다독이며 고마움을 표한다. 하지만 그런 생각은 잠시뿐 화가 날 땐 감정이 솟아오른다.

　병원에서 어느 정도 치료가 끝날 무렵 사건처리를 해야 한다며 경찰서에서 불러 갔다. CCTV를 보여주며 그날 이렇게 펑~하고 시멘트 바닥에 뒤로 넘어졌는데 머리를 크게 다치지 않은 것이 천만다행이라며 참으로 운이 좋았다고 몸조리 잘하라고 한다.

　요즘에 자꾸 정신이 없고 생각이 흐린 걸 보면 내가 머리를 두 번이나 크게 다쳐서일까 의문을 갖게 된다. 이러다 치매가 오는 게 아닌가 하는 두려움도 생긴다.

　잘 살아가던 사람이 어느 날 뇌경색, 뇌졸중, 치매라는 말을 가끔 듣는다. 그럴 때마다 사전에 화근이 있었던 나를 걱정하며 돌아본다.

　누구나 나름대로 삶의 길을 걸어간다. 때로는 남의 도움을 받고 주기도 하며, 비록 미래를 꿰뚫어 볼 수 없지만 그래도 희망을 가지고 살아간다. 나 또한 그 중 한 사람이다. 요즘도 한 달에 몇 번씩 한방병원에 간다. MRI상으로도 나타나지 않은 여러 가지 이상을 침으로 뜸으로 다스리고 있다. 걸음걸이도 많이 좋아졌다.

　비록 구사일생九死一生, 산전수전山戰水戰과 같은 파란만장한 삶은 아니라 할지라도 오사일생五死一生도 누구나에게 있는 일은 아니란 생각에, 감사하는 마음으로 살아갈 것을 다짐한다.

여름휴가
가운데

바다가 늦잠을 잔다. 간밤에는 제법 파도가 너울을 타고 굽이쳐 밀어 올리더니 아침이 되니 밀물이 바위까지 누워 물결이 잔잔하다. 거대한 몸을 쉴 새 없이 밀어 올렸으니 지친 기운에 든 모양이다.

아침 이슬을 맞으며 산길을 걸었다. 소나무와 잡나무가 어우러진 좁은 길을 얼마쯤 걸어가니 바다로 내려가는 길이 있다. 모래사장을 조금 지나니 바위가 듬성듬성 얼굴을 내민다. 굴도 있고 자잘한 고둥도 보인다. 손톱만 한 게들이 인기척을 느끼고 잡힐까 봐 날쌔게 제 구멍을 찾아 쏙쏙 들어간다. 바다생물은 본능으로 움직이며 살 궁리를 한다. 바라보니 신기해서 눈을 떼지 못한다.

여름휴가로 형제들이 모였다. 칠 남매 중 여섯 형제, 형부와 올케 둘까지 열명이다. 큰오빠와 둘째 형부는 몇 년 전에 하늘나라로 가셨기에 마음 한켠이 허전하다.

형제들은 연중 휴가 기간에 꼭 모임을 한다. 장소는 대체로 큰언니 집이다. 오래전 큰형부가 퇴직을 하고 고향에 정착을 했다. 다도해가 보이는 남해안이다. 굽은 해안 도로 옆 바다가 보이는 언덕 위의 아담한 빨간 벽돌집, 단층집이다. 마당에는 꽃밭이 둘러있어 계절 따라 여러 종류의 꽃이 핀다. 옆으로는 온통 감나무밭이다. 다른 한쪽은 여러 종류의 채밭이다.

큰언니가 차려 주는 맛깔나는 반찬으로 점심을 먹고 언니 집에서 조금 떨어진 바닷가 바로 앞 팬션을 얻어 지내기로 했다. 이제 언니도 구순을 바라보는 터라 밥을 해 주기에는 힘이 많이 부친다. 물론 우리가 할 수도 있지만 언니가 거들어야 밥상을 차릴 수 있다. 요즘에는 요양보호사가 와서 집안일을 도와주니 한결 수월하단다.

바닷가 팬션 넓은 마루에 둘러 앉았다. 따뜻한 차를 나누며 서로 안부도 묻고 살아가는 이야기보따리를 풀어놓는다. 큰언니는 주로 며느리 아들 칭찬, 둘째 언니도 셋째 언니도 다 자녀 자랑에 힘이 실린다. 작은오빠는 받아주는 것에 익숙해 있고 올케도 장단을 맞춘다. 언니들은 꼭 엄마 이야기를 빠뜨리지 않는다. 엄마가 이 자리에 계셨으면 얼마나 좋을까 하며 또 눈시울이 젖는다. 지난날 어머니가 자식을 위해 몸을 많이도 삭이셨던 모습이 떠올라 못다 한 효도에 대한 안타까움을 털어놓는다. 아쉬움과 그리움은 먼저 찾아오지 않는다.

술과 다과를 나누며 밤늦게까지 얘기꽃을 피우다 자정이 훨씬 넘어 잠에 들었다. 이튿날 새벽 바닷가 모래사장을 거닐다 바위에 붙어 있는 청각을 땄다. 겨울 김장에 넣어 먹을 요량으로 딴

것이 제법 많다.

언니 집 마당에서 앞을 바라보면 아름다운 자연 풍경에 매료된다. 들에는 갖가지 식물들이 꽃을 피우고, 논에는 벼가 키를 키워 푸른 손을 흔들며 유희를 한다. 골짜기를 끼고 있는 산은 사계절 색색의 옷을 갈아입고, 바다는 햇살을 받아 은빛으로 잔잔한 화음을 이룬다

들판은 녹색으로 푸르고 바다는 청색으로 푸르다. 들과 바다가 한데 어우러져 춤을 추듯 한바탕 소나기가 내린다. 식물들은 좋아라 비비새새 노래 부르기에 한창이다. 바닷물이 넘실대는 남해의 섬들이 물 위에 떠 보였다 사라지기를 반복한다.

다음날 형부가 바다에 그물을 쳐서 전어를 잡아 왔다. 형부는 작은 배를 가지고 있다. 밀물이 밀려올 때면 꽃게 전어 도다리 등 심심찮게 고기를 잡아 와서 밥상에 올리니 식사는 싱싱한 해산물로 가득하다. 갓 잡아서 살아있는 전어회를 썰고 채소밭에서 상치와 깻잎을 따와 차린 풍성한 식탁은 형제들의 입맛을 돋우고 웃음꽃을 피우기에 부족함이 없다. 후식은 삶은 감자와 옥수수 수박이다. 쫀득한 옥수수 씹는 맛 또한 유별나다.

다음날은 형부를 따라 홍합을 따러 바다로 갔다. 깊은 바닷물속에 내려둔 밧줄에 홍합과 굴이 많이 달려 있어 힘든 줄도 모르고 따다 보니 어느새 두 망이 되었다. 홍합은 칼로 까서 각자 집에 가져가라는 큰언니의 말에, 나도 까 보았지만 까는 솜씨가 서툴다 보니 제대로 깐 것이 없고 흠집이 많다. 언니들이 깐 것을 내게 많이 주었다.

우리가 집으로 돌아올 때 큰언니는 무엇이든 챙겨 주려고 아침

부터 채소와 잡곡 등 봉지 싸는데 분주하다. 언니는 나에게 특별히 간장 된장을 챙겨주며 잘 살라는 부탁을 한다. 엄마 마음이다. 엄마 같은 언니는 내가 잘 살아가는가를 늘 걱정하며 이렇게 해라 저렇게 해야 된다를 반복하며 타이른다.

큰언니의 사랑을 가득 받고 담아서 4박 5일의 보람된 휴가를 마치고 즐겁게 집으로 돌아왔다. 잘 도착했다는 전화를 걸어 "언니 고마워, 사랑해" "오냐, 왔다 가니 고맙구나, 다음에 또 오너라"

바다는 지금쯤 썰물 따라 힘차게 내리막길을 달릴 것이다. 내일이면 또 밀물로 들어와 낮잠을 푹 자려나?

음표를
띄우다

강가에 섰다. 물이 흘러가는 길을 따라 마음이 강 아래로 흘러 간다. 가늘한 바람에 수양버들 가지 끝이 물에 닿을 듯 말 듯 하늘거린다. 하늘거리는 가지를 잡고 일렁이는 마음을 가라앉혀 본다.

강물은 어제도 오늘도 쉴 새 없이 흐른다. 흐르는 물은 수많은 사연을 실어 나른다. 강을 바라보며 한 가닥 희망이라도 실려 올 것이라 믿었던 여인의 그림자가 떠오른다.

여인이 그토록 기다리는 사람은 강과 같은 분이었다. 곁에서 강처럼 넓은 가슴으로 깊은 마음으로 감싸줄 평생을 함께할 반려자였다.

할머니가 그러셨다. 일제 강점기 때 민족 말살 정책으로 커다란 트럭의 바퀴가 동네를 돌아, 청년들을 가득 실어 바다에 모조리 들어부어 떼죽음을 시켰다고.

민족의 대동맥을 끊으려던 참상은 벌건 핏물도 거부한 채, 보글

보글 흰 거품만이 떠올랐다. 거품 속에 몸부림치던 청년들을 바라본 할머니의 가슴에 방망이가 내리쳤다. 할머니의 강심은 그때부터 무덤이 되었다.

강의 무덤 가운데 박혀있는 또 한 사람. 월남전에서 전사한 나의 둘째 형부. 군의 강력한 명령으로 두려움을 안고 파병된 길을 갔다. 끝까지 투쟁하고 승리의 깃발을 들고 돌아오리라는 꿈과 희망이 제대를 앞두고 단칼에 끊어져 강 속에 탑으로 가라앉았다.

핏물이 하얀 거품으로 떠 오른 할머니의 강이 소용돌이 급살로 감아 돌고, 탑이 되어 꼼짝 하지 않고 박혀있는 언니의 강을 바라본 어머니는 가슴을 쓸어내리며 차오르는 벅찬 숨을 고른다. 굽이굽이 돌아가는 강길은 고달파 골이 패 자갈과 모래로 남아 더는 흘러갈 수 없다는 마침표를 찍는다.

사람마다 제각기 강이 있다. 짧고 길고 좁고 넓고, 깊고 얕은 차이가 있을 뿐 다 같이 흘러가는 강이다. 가다가 바위에 부딪히고 다시 휘돌아 쉬어 가기도 하지만 금세 또다시 일어서 흘러간다.

여인이 바라보고 서 있는 강은 밤이면 중천에 뜬 달을 바라본다. 강과 달, 어쩌면 너무도 잘 어울리는 황홀한 심사다. 강과 달은 저승과 이승을 넘나들며 한 몸이 되어 둥둥 떠간다. 강은 달을 담고 사그라질까 물 위에 띄워서 어루듯 받치고 달은 물 위에서 노래한다. 참으로 차디찬 사랑 노래다.

여인은 지아비를 머나먼 타국으로 보낼 때 별리의 쓰라림을 그렇듯 강가에서 맞이했다. 강물과 뒤섞인 바다 끄트머리 항구에서 사랑하는 이를 떠나보냈지만, 전쟁의 소용돌이 속에 휘말려 끝내 한 줌의 재로 돌아왔던 야속한 사람. 존재와 부재의 가름을 헤집고 미친 듯 강가로 나가 치마폭 드리우고 넋 놓고 앉아 있기를 얼마였던가. 끝내 강물은 얼었고, 여인은 꽁꽁 언 채로 서서 망부석이 되기를 염원했다. 강물이 언 채로 풀리지 않기를 바랬다.

님이 떠나간 자리에서 꼭 닻을 내릴 거라는 한 가닥 희망으로 섰건만 끝내 돌아서야만 했던 강기슭. 시시때때로 찾아오는 외로움과 서러움이 갈피 없이 뒤섞인 혼돈 속에 이별을 차라리 배반이라고 내뱉는다.

홀로 감당해야 했던 일들을 수없이 뒤척이다 강과 바다가 맞닿은 자리에 또다시 섰다. 외롭고 쓸쓸한 여정의 끝. 여인은 그때서야 님의 부재를 보았다.

강물 위로 푸른 수양버들이 또다시 출렁인다. 강과 수양버들, 대립의 출렁임이다. 밝음에서 어둠으로 밀려드는 정체 속으로 그림자가 가라앉는다.

핏물이 거품으로 적시던 할머니의 강과, 물 속에 꼼짝않고 박혀 있는 언니의 강 위로 도도한 역사의 흐름은 자유롭다. 백로 한 마리가 강기슭에 서서 하늘을 쳐다본다. 떠나보낸 아픔을 뭉게구름이 감돌아 사라진다. 순류와 역류를 거듭하는 물살이 잠시 제 자리에 선다. 저문 강기슭에 갈대만이 부질없이 흔들린다. 모든 것을 안으로 품고 밖으로 드러내 보이지 않는 유연함이 서럽다.

석양을 안고 황혼의 길을 따라 오색으로 반짝이는 물 위에 붉은 낙엽을 띄운다. 불멸의 연서, 음표다.

수양버들 내리는 강가에 서서 푸른 강물을 바라보며, 언젠가 우리도 저 강물 위에 하나의 음표로 떠서 흘러가리라 떠나가리라.

이, 또한
지나가리라

현재 내가 병원 진료 받는 횟수가 잦다. 심혈관에는 심장, 신경과에는 뇌, 무호흡 등 이곳저곳 몸이 고장 난 곳이 많다. 약 8년 전 협심증을 진단받고부터 시작되었다. 어지럼증은 이명 때문인가 보다고 생각했다. 후에도 가끔씩 어지럽고 가슴이 답답하게 아파왔지만 협심증을 계속 치료하고 있었던 터라 그러려니 생각하며 지냈다.

근래 들어 어지럼증이 더 잦고 간혹 눈도 침침해서 신경과를 찾았다. 의사 선생님은 여러 가지 자세를 취하는 동작을 시켜보고 몇 가지 질문을 해 보더니 뇌 MRI를 찍어보자고 했다. MRI 촬영 후 일주일 뒤 다시 진료를 받았다. 선생님께서 뇌 사진을 컴퓨터 화면으로 보더니 뇌경색이 두 번이나 지나갔는데 몰랐느냐고 묻는다. 시기는 언제였는지 사진으로는 알 수 없단다. 미니 뇌경색인데 이만하기 천만다행이라며, 앞으로 재발 가능성이 높고, 재발하는 경우엔 손상이 크다는 것이다. 그 말을 들으니 갑자기 머리가 띵하고 쓰러질 것 같다. 겨우 정신을 차리고, 최근에 어지럼증이 심해서 응급실에 한 번 실려 간 것 외엔 잘 모르겠다고 했다. 뇌 영양제와 혈전제를 처방해 주며 다음 진료 날짜를 잡아 주었다.

컴퓨터에 들어가 뇌경색에 대한 정보를 보고 또 보았다. 협심증에 대한 정보도 보았다. 내 경우는 뇌경색이 심장으로부터 온 거라는 걸 확실하게 알게 되었다. 심장에서 뇌로 보내는 혈류가 잘 흐르지 않아서 뇌경색이 오는 경우의 비율이 50%가 넘는단다. 앞으로 자신이 어떻게 살아야 할 것인지에 대한 의문이 생기면서 조금 무서웠다. 몇 해 전부터 기억력이 조금씩 떨어지고 근래에는 이해력이 많이 떨어짐을 알 수 있다. 치매인가 싶어 치매 테스트를 해 보니 치매는 아닌 걸로 나왔다. 책을 읽어도 그때뿐 줄거리가 잘 기억되지 않는다. 대화를 할 때도 이음을 놓치는 경우가 간혹 있다. 치료를 잘해도 위험을 안고 있는 병이라 언제 어떻게 될지 모른다. 음식을 가려 먹고 운동을 하고 숙면을 취하고 스트레스를 받지 말고, 증세가 나타나면 곧바로 응급실로 가야한다… 등의 주의사항을 들으니 언제 어디서? 라는 생각으로 초조하다. 특히 아침에 일어났을 때 주의가 필요하다고 덧붙였다.

요즘에는 일정표를 달력에 또렷하게 적어두고 전날 저녁이나 당일 아침에 체크한다. 그것도 잊을 때가 간혹 있다. 어느 날 친구한테 전화가 와서 오늘 모임인데 왜 안 오냐고 한다. 약속 날을 잊고 있었던 것이다. 갑자기 왜 그러냐며 치매 검사를 해 보라고 한다.

이러한 병에 걸린 것에는 생활 습관도 있지만 내 성격도 한몫

차지한다. 나는 내가 잘못했거나 해결되지 않는 일에 부딪히면 해결될 때까지 신경을 쓰며 몰두한다. 잘 풀리지 않으면 화가 일어나고 소화도 잘되지 않는다. 스트레스가 병의 원인이라고 하는데 화가 스트레스를 일으키는 기본이 아닌가.

결혼해서 여러 가지 일들에 수없이 부딪히고 치르다 보니 어느새 내 성격도 적당한 선을 긋고 대충 넘어가는 게 좋겠다는 생각으로 바뀌게 되었다.

반대로 남편의 성격은 변하지 않고 지금까지 세심하고 잘못한 일에 화 잘 내고, 빈틈없는 성격을 유지하고 있다. 내가 허투루하는 일에 간섭을 잘하고 참견을 한다. 찬찬하지 못하고 덜렁대다가 그릇을 깨지 않았냐, 당신 생각이 그것밖에 안 되냐 등…. 처음에는 맞서다가 요즘에는 그랬구나 하고 지나간다. 화도 때론 나잇값을 하나보다.

남편은 자를 잰 듯 정확하다. 본인이 쓰는 수첩이나 노트를 보면 감탄을 할 정도다. 마치 인쇄한 듯 적어 놓는다. 기억력도 엄청 좋다. 나는 돌아서면 잊어버리기 일쑤 인데, 남편은 칠순에 들었는데도 어떤 문제를 보면 중학교 몇 학년 무슨 과목 몇 단원 심지어 페이지까지 기억해 낸다. 그러면서 나보고 당신은 아냐고 묻는다. 모르는 게 정상 아닌가, 하며 남편을 또 핀잔한다. 요즘에는 일본 드라마 영화에 심취해 있다. 물론 일본어를 놓치지 않으려고 그런다는 것도 안다. 일문학을 전공해서인지 일본에 대한 인식도 나와는 다르다.

남편은 술을 좋아한다. 술을 자주 마시고 술맛 또한 달 달 하다고 하니 그런 애주가도 없다. 한의사인 친구와 단짝이 되어 주말이면 함께 등산을 가서 집으로 바로 오지 않고 꼭 술을 마시고 취해서 들어온다. 술에 취하면 노래를 잘 부른다. 구성진 음성으로 배호 노래를 걸맞게 풀어낸다. 자신의 답답한 성격을 아는 듯, 노래 가락에 힘이 크게 실린다. 근래 들어 술이 더 잦아졌다. 어느 날 "다, 괜찮아 질 거야, 내가 있잖아~" 하며 자작곡을 한 줄 뽑더니 걱정을 내려놓으라 한다.

요즘에는 병원에 가는 일이 일과가 되었다. 한의원도 주에 두 번 더 간다. 내가 언제까지 이래야 되나 싶어 힘이 빠질 때 무심코 커피 한잔을 하면, 의사 선생님 지시가 떠 오른다.

신앙을 가져서 그런지 언제 죽는 것에는 두려움이 없다. 다만 온전치 못한 몸이 되어 가족한테 누를 끼치는 일이 없기를 바랄 뿐이다.

남편이 술마시고 노래하는 것도 좋은 약이라는 생각을 해 본다. 이, 또한 지나가리라.

다시
살아나는 도시로

딸아이와 이탈리아 여행을 갔다. 8박 9일간 이탈리아 북부에서 남부까지 오직 이탈리아만의 여행이었다.

로마 바티칸 시국, 낭만 가득한 물의 도시 베네치아, 로미오와 줄리엣의 도시 베로나, 예술의 성지 피렌체 등, 여행 코스를 미리 보고 책을 사서 사전 지식을 습득했다.

불멸의 도시 로마 바티칸 시국은 이탈리아 중부에 자리 잡고 있다. 로마에는 세계에서 가장 큰 성당, 성 베드로 대성당이 있다. 당시 미켈란젤로, 브라만테, 라파엘로, 마테르노, 베르니의 주축으로 120년의 긴 세월을 걸쳐 완성했다는 성베드로 대성당은 입장이 금지되어 있었다. 가장 큰 기대를 건 곳인 만큼 아쉬움이 컸다.

바티칸의 시스티나 성당은 미켈란젤로의 천지창조 그림인 천장화가 유명하다. 16세기에 그렸다고는 상상이 안되는 살아있는 듯한 입체감에 눈을 뗄 수가 없다. 그 시대에 어쩌면 저 높은 천장에 저렇듯 군더더기 하나 없이 간결하게 아름다운 색채로 사진을 찍듯한 화풍을 낼 수 있었을까?

천지창조를 4년에 걸쳐 완성했다는데, 사다리와 도르래를 타고 천장을 바라보고 그림을 그리다 보니 목에 큰 이상이 생기고, 그림물감이 얼굴에 떨어져 결국 한쪽 눈을 실명했다고 한다.

160평방 미터(가로 14, 세로 41, 천장의 높이 18m)를 하루에 15시간을 유화가 아닌 프레스코화로 작업을 했다고 한다. 프레스코는 벽면에 석회를 바른 뒤 수분이 마르기 전에 채색을 완성해야 되기 때문에 최고조의 기술과 심혈을 기울여야 했다.

천지창조는 성경 전체의 집약판인 만큼 그 가치가 크다. 한번 보고 싶다는 마음을 가지고 있었는데 직접 바라보니 상상 이상이었고 그 놀라움을 금치 못했다. 그 외 최후의 만찬이나 피에타상 등을 둘러보며 미켈란젤로의 천재성이 그대로 입증됨을 알 수 있었다. 예술가의 혼은 가히 신에 가까운 것이 아니라 신 그 자체란 생각이 들었다.

이탈리아 남부 폼페이 도시는 화산 폭발 유적지로 유명하다. 서기 79년 8. 24일 베수비오 화산이 성층까지 30킬로미터로 솟구쳤다. 순식간에 수백만 톤의 화산재가 4~6미터 높이로 도시는 온통 화산재로 덮쳤다. 시속 160킬로미터 속도로 화쇄암 폭풍이 휩쓸어 조약돌 모양의 화산재가 남동쪽 폼페이가 있는 도시로 쏟아진 것이다. 공중목욕탕, 대리석 벽 모자이크 바닥, 돔식 천장, 마차길, 대광장 등의 흔적을 볼 때, 1세기라고 믿을 수 없을 만큼 폼페이는 발달 된 도시였다.

베수비오 화산 폭발은 연쇄적으로 12시간 동안이나 계속되었다. 그때 바람이 남동쪽으로 불어와 자정쯤에는 화산재와 화산석이 하늘로부터 폼페이 사람들 머리 위로 우박이 오듯 쏟아져 내렸다고 한다. 폼페이는 하루 만에 죽음의 도시로 변하고, 폼페이의 시간은 영원히 멈추어 버리고 말았다.

폼페이의 원형극장은 기원전 80~70년경에 세워졌고, 이탈리아에서 가장 오래된 원형극장이라고 한다. 수용 규모는 대략 1만 2천~2만 명 정도로써 폼페이 시민 모두가 들어갈 정도의 규모라고 한다. 둥근 계단을 내려오며 전체의 뼈대를 둘러봐도 지금과 큰 차이가 없어 보였다.

우리는 마차가 다니던 돌길을 돌아 듬성듬성 남은 건축물 기둥을 지나 빵집 앞에 머물렀다. 빵집 일꾼인 남자와 빵을 사려간 세탁소집 딸의 연인이 서로 안고 석고로 남아있는 모습을 보고 천국에서의 영원한 사랑을 기도했다.

폼페이가 화산 폭발로 매몰된 후 완전히 잊혀졌다가 18세기 중반에 한 농부에 의해 발견되었다. 이후 도굴로 훼손이 많이 되었고 본격적인 복원이 시작되었는데 복구 작업은 아직 진행 중이란다. 지금은 79년 8월 24일 최후의 날을 간직한 채 자연의 위대함과 고대의 생활 기술을 그대로 보여주는 역사적인 장소가 되었다.

베수비오 화산은 그날을 잊고자 먼바다 푸른 물빛에 잠겨있고, 고통을 담은 유적은 감정의 폭풍을 지금도 끊임없이 일으키고 있는 듯했다.

로마제국의 영광을 상징하는 콜로세움 원형극장을 보면서 2000년 전의 로마제국의 세력이 가히 어떠했는가를 짐작하게 되었다. 베네치아에선 곤돌라를 타고 산타루치아를 부르며 환상의

미궁에 들기도 했다.

이탈리아는 역사. 건축. 미술. 음악이 한데 어우러진 밝고 찬란한 도시였다. 도시 전체가 예술이었고 문화재다. 대부분 중세 시대의 고딕 건물이 그대로 보존되었고 차가 다니지 않는 외곽 도로는 돌을 깎아 만들어 견고하고 튼튼함을 자랑하고 있다.

지중해의 아름다운 다섯 마을 친퀘테레, 중세의 전통이 숨쉬는 시에나, 디자인의 도시 밀라노, 죽기 전에 가 봐야 할 나포리 항, 카프리섬, 돌아오라 솔렌토로. 해안절벽의 아말피 해안을 밟으며 여행의 분위기에 한층 고조되었다. 흥분된 시간 속에 여행의 시간이 끝나면서 더 길게 잡지 못했음을 아쉬워했다.

로마는 살아있는 도시고, 폼페이는 죽음의 도시다. 시대적 지각변동으로 죽음의 도시가 된 폼페이는 2천 년이 지난 지금도 깨어 일어날 기미가 없다. 기후가 휩쓸고 간 아픈 흔적을 누가 감히 재생이란 말로 언급하겠는가.

지금은 수많은 관광객의 발길로 움직임이 활발해지고 있다. 다시 살아나는 도시로 변모해 갈 수 있기를 기대해 본다.

요즘엔 천재지변으로 세계가 불안하다. 이곳저곳 화산이 폭발하고 지진이 나고 홍수가 범람하고 토네이도가 마을을 쓸어 가기도 한다.

환태평양 주변 국가들은 전 세계 지진의 80% 화산의 75%가 모여있다고 하니 불의 고리에 있는 일본과 필리핀은 화산과 지진 발생이 잦아 불안감을 감추지 못한다. 백두산도 서서히 움직이기 시작한다니 우리나라도 예외는 아니다. 신이 우리에게 부여한 영역은 과연 어디까지인지 궁금할 뿐이다.

숭고한 우정

- 지와 사랑을 읽고

헤세의 작품 중 나에게 가장 큰 감동을 준 책은 '지와 사랑'이다. 수도원의 절제된 생활, 예술을 추구하는 인간 내면의 오묘한 갈등, 이성과 감성, 방탕한 생활을 하면서도 수도원의 나르치스를 동경하며 끊임없이 그리워하는 골드문트, 수도원의 고요하고 아름다운 배경을 상상하며 감상의 세계에 들어가 본다.

마리아브론 수도원에서 만난 나르치스와 골드문트는 둘도 없는 친구가 되지만 절제하는 생활에 적응하지 못한 골드문트는 수도원을 탈출하여 많은 여자들을 만난다. 그러던 중 우연히 어느 마을 성당에서 본 마리아상에 이끌려 그 상을 만든 조각가 니클라우스를 찾아가 조각을 배우게 된다.

골드문트는 스승 니클라우스에게 조각을 배우면서 요한 상을 조각하게 되는데, 어느 날 그는 조각상을 보고 깜짝 놀란다. 요한 상의 모습이 다름 아닌 나르치스였던 것이다. 그의 무의식 속에 잠재해 있던 친구에 대한 사랑과 그리움, 오랜 방황 속에서도 그는 친구 나르치스를 그리워하고 있었다. 다시 방랑의 길을 떠나 도중에 총독의 애첩인 아그네스를 만나게 되고, 그 후 니클라우스 스승에게 다시 돌아가 보지만 스승은 이미 죽고 없었다. 그는 또다시 아그네스를 찾아가지만 그만 총독에게 들키고 말아 감옥에 갇힌다. 감옥 속에서 심판관을 만나는데, 골드문트는 심판관을 보고 깜짝 놀란다. 심판관이 다름아닌 마리아브론 수도복을 입은 나르치스였던 것이다. 나르치스는 마리아브론 원장으로 죄의 심판을 맡게 된 것이다. 나르치스는 친구의 죄를 사하여 주고 수도원으로 데려온다. 수도원에서 골드문트는 두 시간 동안이나 그동안 살아온 긴 고해를 한다. 나르치스는 친구에게 수도원 옆에 조각상을 만들 일터를 마련해 주고, 골드문트는 그곳에서 온갖 심혈을 기울여 수도원에 놓일 조각작품을 만들어 낸다.

어느 날 니클라우스 스승을 만든 작품을 본 나르치스는 대 감탄을 한다. 그 후 그는 또다시 수도원을 떠나 많은 시련을 겪으며 방황하지만 결국 수도원으로 다시 돌아와 그의 마지막 작품인 마리아상을 완성 시킨다. 그는 마리아상에서 어머니를 생각하게 되고 오랜 방랑 생활과 고생으로 병을 얻어 그만 병상에 눕는다. 병상에서 나르치스가 수도원에서 원장이 되기까지 걸어온 길과, 골드문트가 수도원을 떠나 온갖 고생과 많은 여인을 만나게 된 것, 그리고 조각을 하게 된 일 등 정겨운 대화를 나누며 서로 길을 달랐지만 그들의 삶에 부여된 참뜻은 하느님을 통해 찾는다. 그리고 골드문트는 친구가 지켜보는 가운데 조용히 죽음을 맞이한다.

나르치스와 골드문트, 이 두 사람의 일생은 극히 대조적이다.

냉철한 이성과 자제력으로 수도원 속에서 금욕생활을 하며 신에 봉사하는 성직자 나르치스, 그야말로 자유로운 인간이기를 갈망하고 사랑을 추구하는 예술가 골드문트. 나르치스는 '지'이고 골드문트는 '사랑'이다. 그것은 그들의 인생에서 추구한 것이다.

몇 번이고 수도원을 나가 방황하다 돌아오는 친구를 아무 말 없이 받아주고, 내면 깊이 친구를 사랑할 줄 아는 것, 그것은 친구의 행동을 가장 잘 이해하고 있기에 가능했을 것이다. 그러면 골드문트의 방황은 무엇을 의미하는 것일까. 그가 만든 최후의 조각 작품 마리아상이 그 궁금증을 풀어준다. 그가 병상에서 죽어가면서 나르치스에게 한 말이 있다.

"나르치스, 자네가 만약 어머니를 갖고 있지 않다면 한번은 죽을 텐데, 도대체 어떻게 죽을 작정인가. 어머니가 없어서야 사랑을 할 수 있느냐 말이야. 어머니가 없어서야 죽을 수가 있느냐 말이야."

골드문트는 그 자신 속에 꿈틀거리고 있는 사랑을 표현할 무엇인가가 필요했고 그것을 자신의 재능인 조각으로 표현하고자 했던 것이다. 하지만 스승에게 조각을 배우고 기쁨을 찾으면서도 진정한 무엇인가를 늘 갈망한다. 방랑 생활은 그것을 찾기 위한 과정이 아니었을까. 최후의 작품인 마리아상은 그가 추구한 인간의 사랑(어머니)에 그가 찾던 신앙(성스러운 마음)의 융합으로 표현된 것이다. 그리하여 그는 참다운 예술을 찾고 최후를 맞이한 것이다.

'지'는 우리가 세상을 참되게 살아가는 데 필요한 진리이고, '사랑'은 마리아상에 표현된 삶에서 추구하는 진정한 알맹이다. 즉 마리아상은 '지와 사랑'의 결합이며 나르치스와 골드문트의 우정의 결정체인것이다. 그래서 그 우정이 더 아름답고 숭고했을 것이다.

꽃과 물상으로 인생을 이야기하는 서정

박양근 (문학평론가)

문학은 인간의 삶을 에워싼 갖가지 이야기를 작가 나름의 언어로 표현해내는 작업이다. 태어나서부터 죽을 때까지 예측 못할 사건이 벌어지는 곳이 세상이고 문학의 세계다. 문학이 단순한 기록이 아닌 이유도 당사자인 작가가 펼쳐내는 진지한 말하기이기 때문이다.

문학 중에서 수필은 작가의 인생을 바탕으로 이루어지는 장르다. 소설적인 이야기와 시적인 감성이 어울린 수필이 독자에게 감동을 준다면 그것은 진지한 성찰과 진솔한 말하기에 있다. 솔직담백한 스토리텔링은 무엇보다 모두가 같은 처지라는 공감력을 지닌다. 그러므로 작가가 어떤 성장 배경을 지니는가에 따라 삶의 농담濃淡이 달라진다.

황금련이 처음으로 상재한 『아마릴리스 사랑』은 사람 사는 이야기다. 단순한 삶이 아니라 자연에서 피고 지는 꽃과 생활 주변의 다감한 사물을 통해 가족과 친지들의 생사를 풀어내는 구조를 취하고 있다. 농익은 시선으로 지켜본 삶의 아픔과 죽음의 애처로우면서 담담하게 그려져 독자도 자신의 몫처럼 전달받는다. 이러한 삶의 지형도는 작가의 깊은 신앙심과 묵힌 체험에서 우러난 인생론이라 할 것이다.

『아마릴리스 사랑』은 자연과 자연물로써 사람살이를 전한다. 사철 피고 지는 꽃과 나무를 은유한 기법 덕분에 서정이 서사로, 서사가 서정으로 호환시켜 그녀만의 소담한 인생 정원을 꾸몄다.

1. 생사로 풀어내는 자전自傳

사람은 각자의 인생을 셈한다. 가난하든 부유하든 신이 내린 수명을 헤아리는 인간의 심정은 더없이 처연하다. 그것을 이겨내고 담담하게 수용하는 것은 생각만큼 쉽지 않다. 그런데 글을 쓰는 작가는 시간을 회억하는 글쓰기로써 생사조차 자신의 것이 아니라는 담담한 심정을 키워간다.

개인의 생사는 가족에게 격랑을 일으키고 사회에 조종을 울려준다. 귀한 사람이든 평범한 사람이든 나름의 의미를 지니므로 작가들은 우리에게도 언젠가 일어날 수 있는 개연성을 포착한다. 그것이 수필이 지닌 기록성이다.

황금련 작가는 사람과 사물은 운명을 함께 한다는 생사론을 지니고 있다. 잡초조차 자연 법칙을 따라 잎을 피워내고 떨구는 것을 고귀한 죽음 중의 하나로 여긴다. 백년해로도 굴곡진 계곡을 넘어가는 하나의 과정이라고 여긴다. 그녀는 보통 사람이 겪기 어려운 생사의 고비를 숱하게 넘겼다. 사람들이 그녀는 수명이 긴 팔자라고 말할 때도 "누구나 나름대로 길을 걸어간다"는 수용 자세를 지켜낸다. 그러한 인식은 공부를 하거나 상상을 통해서 이루어지지 않는다. 그것보다는 갖가지 위기를 이겨낸 경험적 성찰로 이루어진다고 믿는다.

황금련은 자신의 삶이 어떠했음을 이야기한다. 남들은 무탈하게 살고 있는데 자신은 왜 이런 시련을 겪는가를 억울해하기보다는 '그럴 수 있지'라는 심경과 작가정신을 지킨다. 그것을 살펴볼 수 있는 작품으로 죽음 가까이 다가섰던 극적인 순간을 담은 「텃밭 이야기」, 「오사일생五死一生」, 「백년해로」를 손꼽을 만하다.

그녀는 시골에서 살면서 남부럽지 않은 평온한 삶을 거쳐 왔다. 자상한 부모 곁에서 사철 풍경을 즐기면서 풀과 나무를 사랑하게 되었다. 그런데 학교를 졸업하고 사회에 진출하면서 운명의 장난을 연이어 맞이하였다. 「텃밭 이야기는」 흙더미에 깔렸던 씨앗으로 공무원 시절 뒤로 넘어져 간신히 회복한 때를 회상하는 내용이다. 3~4년이 지나 간신히 소생했을 때 바라본 돌 틈에 낀 푸성귀는 자연에서 얻은 생명주의를 요약한 내용이다.

황금련의 삶과 문학을 알려면 「오사일생」을 먼저 읽을 필요가 있다. 사람이 살아가노라면 몇 차례 상처를 입곤 하지만 생사의 위기를 수차례 맞이하는 것은 그렇게 흔하지 않다. 그런 인생행로를 돌이켜보며 이렇게 요약한다.

누구나 나름대로 삶의 길을 걸어간다. 때로는 남의 도움을 받고 주기도 하며, 비록 미래를 꿰뚫어 볼 수 없지만 그래도 희망을 가지고 살아간다. 나 또한 그 중 한 사람이다. … 비록 구사일생九死一生, 산전수전山戰水戰과 같은 파란만장한 삶은 아니라 할지라도 오사일생五死一生도 누구나에게 있는 일은 아니란 생각에, 감사하는 마음으로 살아갈 것을 다짐한다.

— 「오사일생」에서

황금련을 곁에서 지켜보면 풍성하리만큼 낙천적인 성격과 태도에 미소를 짓게 된다. 사소한 일에도 행복한 웃음을 숨기지 않고 종교적 신앙으로 웬만한 일을 다독여낸다. 간혹 무엇인가 놓친 듯한 허점도 남다른 사색에 빠져든 표정처럼 보인다. 그런데 구사일생의 위기를 겪었다니. 어쩌면 그녀는 그 덕분에 오늘의 여유를 갖게 되었다고나 할까.

그녀는 다섯 살 때 변소에 빠졌고, 여섯 살 때 우물에 빠졌지만 운 좋게 지나가던 어른이 건져주어 살아남았다. 공무원 생활 때는 뒤로 넘어져 머리를 다쳐 정신을 잃고 수개월 입원을 했다. 신혼 생활 때는 연탄가스에 중독되어 병원에 실려 갔다. 얼마 전에는 교통사고를 당하여 후유증이 아직 남아있다. 말 그대로 다섯 번이나 고비를 넘겼으니 명이 길긴 길다. 그럼 한 번쯤 축복의 미소를 지어주자. 하지만 중요한 것은 행운이 아니라 시련에서 터득한 인생론을 살펴보는 것이 그녀를 이해하는 지름길이 아닌가.

살고 싶은 삶을 표현하는 여러 말이 있다. '천명의 삶'이나 '곡절 없는 인생' 등이 있지만 누구에게나 공감이 가는 단어는 "백년해로"다. 부부가 함께 살고 죽어 묻힌다는 뜻이지만 열심히 일하여 순탄한 삶을 사는 것으로 풀이되기도 한다. 지천명을 지나더라도 100세에 이르기는 쉽지 않다. 인생 절정기를 6으로 여기는 요즈음도 건강한 100세는 여전히 먼 여로다. 작가는 열매를 튼실하게 맺는 가을 과수나무를 지켜보면서 자신의 100세 나무는 무엇일까를 생각한다.

> 백년해로라는 말을 되새겨 본다. 지난 시간을 돌아보고,
> 남아있는 자리를 반질하게 쓸고 닦으며, 머리를 가지런히 빗
> 고 옷매무새를 가다듬어 본다. 거울을 보면서 누가 뭐래도
> 나는 잘 삶았노라고 크게 말할 수 있는 사람이 되어야겠다.
> 누구든 그즈음이면 그럴 자격을 다 갖춘 사람이다.
>
> – 「백년해로」에서

백년해로는 과정이 아니라 결과다. 작가의 나이쯤이면 절정기를 지나 한 계단씩 내려가는 중이다. 그런 즈음에는 세상을 떠난 피붙이가 더욱 그리워진다. 동고동락한 생사를 풀어내는 작가의 수필 기법이 모두의 인간사를 다루는 인문학 성찰을 지니는 이유다.

그녀의 현 모습은 다른 수필에서도 찾을 수 있다. 자신처럼 책

읽기를 좋아하고 생활의 발견을 이루어 가는 딸을 응원하는 〈느티나무 그늘〉은 젊은 인격의 성장 모습을 반영한다. 〈바다, 그 얼굴〉은 땅에서 태어나지만 죽을 때는 물과 흙을 가리지 않는다는 사실을 빌려와 바다에서 생을 잃은 시외삼촌과 그의 아들에 대한 슬픔을 표현한다.

사람은 언제 죽음에 초연할 수 있을까. 그때는 「음표를 띄우다」를 읽어볼 만하다. 화자는 강가에 서서 자신보다 먼저 떠난 사람들을 불러들인다. 일제강점기 시대를 견딘 할머니, 월남전에서 전사한 둘째 형부, 부모들이 모두 강물에 뜬 달이 되어 이승을 넘나들며 기억을 남겨주었다. 슬픔을 당한 사람들은 그때마다 강변에 서서 설움에 방황하는 자신을 다독거린다. 작가는 물안개처럼 피어오르는 감성으로 죽음조차 아름답게 그려내면서 그들에 대한 추억을 붉은 낙엽에 실어 띄운다. 사死의 찬미 같은 애달픈 연서, 그것이 작가가 말하는 생의 음표다.

작가는 개인적 삶으로 보편적 생사를 되새김하는 수필쟁이다. 황금련을 두고 생의 고난과 사의 위기를 강물 같은 음표로 풀이해 내는 작가라 부르는 이유가 여기에 있다.

2. 꽃으로 은유한 그들

작품에 그려지는 꽃들은 단순히 관상용 식물이 아니다. 사람들은 꽃의 향기와 아름다움을 주로 글로 쓰지만 꽃식물의 질긴 생명력을 인간의 삶에 일치시키는 경우는 찾아보기 드물다. 그런데 작가는 꽃 모양과 꽃말과 생리로써 인간의 삶을 새롭게 살펴 산문에 담아낸다. 꽃대와 수술과 암술과 꽃받침을 희생과 헌신을 재해석할 뿐 아니라 꽃답게 지는 종말도 빠뜨리지 않는다. 작가는 사람과 꽃 사이에 이루어진 관계로써 피붙이간의 유대감을 묘사하는 것이다.

첫 예로서 「내 나무」를 들 수 있다. 하늘에 떠 있는 별을 '나의 별'로 삼고 살아가듯이 작가는 꽃과 나무를 가져와 사람의 꿈을 풀이해 낸다. 〈내 나무〉는 길가 도랑에서 자라는 오동나무와 딸의 혼수 농을 만들어 주기 위해 아버지가 심었던 오동나무 사이에 이루어진 상호성으로 어머니의 절절한 애상을 강조한다. 어머니의 사랑은 끝내 닭장 그늘진 곳에 버려진 나무처럼 되어버린다. 부모는 자식이란 꽃을 피워내기 위해서라면 구정물 도랑도 마다하지 않는다. 두 예가 커다란 울림을 공유하는 이유는 애살맞은 사랑이 버려질 때의 좌절감이 오동나무에 일치되었기 때문이다.

꽃의 향기는 척박한 땅에서 자랄 때 더 진하다. 사람도 남을 위해 살 때 더욱 향기롭다. 작가는 그런 속성으로 삶과 죽음을 담담하게 맞이하는 자세를 이미지화한다. 난 종류인 아마릴리스는 작가가 애정을 기울이는 꽃으로 하나의 꽃대에 사계절 내내 개화하는 화초다. 집에서 키우는 아마릴리스를 "기쁨의 선물"로 표현할 정도로 정감이 넘치는 표제작 「아마릴리스의 사랑」은 가정의 행복과 헌신적인 신앙심을 동시에 풀어낸 작품이다. 고결함과 품위를 지닌 아마릴리스 꽃에게 바치는 헌사로서 헌신과 순종의 삶을 소망하고 있음을 보여준다.

　　꽃을 가족에 비유하면 남편은 꽃대이고 아내는 꽃받침이
다. 꽃대와 꽃받침과의 관계는 꽃을 피워내기 위한 신뢰의
관계다. 그 사랑과 믿음으로 아이들이란 꽃이 피고 튼실한
열매도 맺는다. 그러고 보면 세상의 모든 것에는 사랑의 관
계가 아닌 것이 없다. 하늘과 땅, 낮과 밤, 짝수와 홀수, 암컷
과 수컷……. 이러한 것들이 서로 돕고 공존하는 것이 세상
순리다. 만약 그중 다른 하나가 기운다거나 없어지기라도 하
면 관계는 깨어지고 만다.

– 「아마릴리스의 사랑」에서

　　황금련이 지향하는 삶의 가치는 품위다. 그녀는 소록도에서 젊
음을 바친 두 수녀의 삶을 소개하면서 "품위는 동물이나 식물에서
도 볼 수 있다고"고 부연 설명한다. 백마와 백조가 지닌 우아함과
아마릴리스의 고결함을 본받자고 말한다. 세상 만물이 보여주는
헌신과 순종도 결국 사랑에서 시작한다. 마찬가지로 부부의 행복
과 사람 사이의 믿음과 사회봉사도 모두 사랑이라는 것이 수필집
『아마릴리스 사랑』이 시종 펼쳐내고 있는 주제다. 그러므로 "너의
꽃망울 속으로 잠겨 들고 싶다"는 결미는 아마릴리스를 닮고 싶다
는 소망을 압축한 문장이라 하겠다.
　　아마릴리스와 나란히 세워진 꽃들도 소박한 모양새로 그려진다.
작가와 함께 살거나 일찍 세상을 떠난 지인들은 꽃들이 풍겨내는

이미지와 동일할 정도로 깊은 감명을 남긴 사람들이다. 작가는 어릴 때 지켜봤던 어른들의 모습을 작가의 시선으로 풀이하여 유의미한 존재로 재현한다.

「모란꽃 추억」은 작은아버지가 조카에게 행복하라고 준 꽃 액자를 소재로 다룬다. 따뜻한 애정이 담긴 모란꽃으로 아이가 자랄 때 아파트 베란다를 소풍 장소로 삼았던 행복한 시절로 회상한다. 모란을 "가정의 꽃"이라 부르는 꽃말처럼 소중한 가족을 꽃처럼 여긴다. 누구든 가슴 속에 사랑의 꽃을 키우고 있다. 가슴속의 꽃이야말로 행복과 희망이므로 언젠가는 잊지 못할 추억이 된다고 풀어낸다.

> 우리의 가슴 속에 누구나 추억 한 장쯤 넣고 살아간다. 소중한 그림을 액자로 만들어 추억의 벽에 걸어두고 살아가는 것도 좋을 것이다. 한 번쯤 힘들고 복잡한 삶의 길을 잠시 떠나 액자 안의 꽃이 되고 나무가 되고 강이 되고 산이 되어 볼 일이다. 또 아이가 되고 내가 아름다운 풍경이 되는 동안 상대방을 내 안의 풍경으로 만들어 보는 것도 좋을 일이다.
>
> ─「모란꽃 추억」에서

모란꽃 액자를 "우리 가정의 아름다운 꽃밭!"이라 부르는 찬탄은 딸아이의 대모였던 마드렌 수녀를 소개하는 「박꽃」으로 이어진다. 고향 지붕을 덮고 어머니의 박 바가지가 되었던 박꽃이 묵상과 순종의 미덕을 부여받아 수녀원과 수녀의 정갈한 이미지로 발

전한다. 이로써「박꽃」은 수녀원 뜨락을 밝히는 "미사의 등불"이라는 작가의 독실한 신앙심을 대변할 수 있게 되었다.

황금련은 지는 꽃에게는 아련한 심사를 숨기지 않는다. 꽃의 순명은 한 번뿐인 사람의 삶과 동일하므로 사람은 꽃처럼 죽음을 받아들여야 한다는 게 그녀의 지론이다. 그런 관점에서 장미보다는 들꽃과 달맞이꽃을 좋아한다고 작가는 고백한다.「달맞이꽃」은 평생을 안개 낀 산길 같은 인생을 살아온 외할머니와 산후병으로 수족이 마비된 50대 중반 여인의 한을 함께 들춘다. 여인에게 가장 슬픈 것은 힘든 시집살이를 하는 딸을 보지 못하거나 아예 자식을 두지 못하는 경우다. 작가는 그 여인들에게 달맞이꽃을 달아준다. 평생을 쓸쓸하게 살아가는 삶을 꽃으로 그려내는 이유는 작가의 지난 인생을 고려하면 충분히 공감이 간다. 달맞이꽃은 어쩌면 모든 여성들의 인생 나이테와 같다고 할까.「군자란을 바라보며」는 젊은 나이에 월남전에서 전사한 작은 형부와 홀로 남겨졌던 언니의 통한스러운 눈물과 새롭게 이루어낸 행복을 인과에 맞추어 그려낸 인간적인 수작이다.

작가의 주변에는 제 명을 다하지 못한 가족이 적지 않다. 봄이 오면 그들의 죽음과 남은 가족의 아픔이 되살아나고 꽃들이 그들을 위로해 주기 위해 아름답게 피어난다고 느낀다. 꽃의 재해석이 돋보이는 가운데 '꽃은 아름답다'는 말보다는 한 줌의 흙이 되어버린 영혼을 위로하려는 자애심이 두드러진다. 그 연유로『아마릴리스의 사랑』에 실린 작품들도 폭넓은 공감대를 지니게 되었다.

3. 사물로 성찰한 삶의 흔적

인생은 산다는 것만으로도 귀한 존재다. 단 한 번이라는 한계 때문에 더욱 나은 길을 걷고자 노력하는 게 인간이다. 그러므로 작가라면 삶이 하찮고 죽음이 무의미하다고 말하지 않아야한다. 삶과 죽음을 시계나 아라비아 숫자나 전문 의학 용어로 설명하기보다는 평이한 사물에 영적 의미를 부여하여야 한다. 그것은 그들 덕분에 글을 쓰고, 언젠가는 그들이 남긴 물건에서 삶의 이치를 배워야 하기 때문이다.

어린 시절의 황금련은 부모에게는 지키기 힘든 아이였다. 성장한 후 그 시절을 되돌아볼 때마다 부모의 그늘이 얼마나 컸던가를 깨닫는 작가는 건강하게 자란 것은 어머니 덕분이고 공무원 생활을 하고 글을 쓰게 된 것은 아버지의 은공이라 여긴다. 그 사실을 작가는 「작도정사」와 「물레길」에서 정성을 다하여 구현해낸다.

「작도정사」는 유학자로서 청년 야학에 힘썼던 아버지에게 바치는 서사다. 생전에 몸소 실천한 교육열과 103세까지 장수한 어머니에게 드린 지극한 효성은 고스란히 자녀들에게 물려져 가정의 화목을 이루게 하였다. 나아가 글쓰기도 아버지의 격려에서 비롯한다는 믿음은 "아는 것보다 가벼운 보배는 없다"는 가훈에서 알 수 있다. 나아가 딸에게 노동의 중요성과 개화기 여성의 활동상을 알려줌으로써 책을 가까이하도록 해 주었다. 그 점에서 아버지의 일생을 전통 건축물에 비유한 「작도정사」는 효행과 학문을 기반으로 한 인물론이라 할 만하다.

우리는 때때로 인생을 돌고 도는 장치에 비유다. 그중에서 물레는 여성의 삶을 상징하는 대표적인 도구이다. 어머니와 할머니 세대에는 자신의 노동으로 가족의 옷을 직접 마련하고 생계를 꾸렸을 정도로 물레는 여인들의 힘겨운 삶을 대변해 온 가사 도구였다. 작가도 어린 시절에 밤새워 물레를 돌렸던 어머니와 달빛과 물레질 노래를 잊지 못한다.

어느 날 모두가 떠나고 빈 허물이 된 고향 집을 한동안 우두커니 바라보았다. 쓰러져 가는 집의 형상이 고개를 떨어뜨리고 앉아있는 초췌한 노인의 모습이다. 노인은 그렇게 앉아 누군가를 기다리며 발자국 소리에 귀 기울이고 있다. 돌아가던 물레가 멈춘 자리에 바람 한 점 지나간다.
주인은 떠나고 돌지 않는 물레만 남은 자리가 쓸쓸하다. 나는 왜 오늘 이렇듯 물레를 찾는 길을 나설까. 여름 길목 어딘가에 있을, 어머니의 물레를 찾아 나선 것일까.

— 「물레길」에서

작가의 어린 시절은 사라졌다. 아버지와 어머니가 세상을 떠나고 고향 집도 빈 허물이 되었다. 그런데 어머니가 돌리던 물레가 홀로 낡은 자리를 지키고 있다. 그 자태가 보고 싶어 고향길을 나섰던 작가는 배틀이 풀어낸 실타래가 삶의 정수임을 새삼 깨닫는다. 인생이라는 물레길을 걸어온 작가도 물레노래 같은 수필을 어머니에게 헌사하고 있다.
어느 가정에서든 여동생은 윗 오빠들에게 뿌듯한 믿음을 가진

다. 어린 시절에는 오빠에게 의탁했지만 나이를 먹으면 오빠를 다
독이는 누이 역할을 한다. 황금련도 마찬가지다. 외항선 선장이었
지만 뭍의 유혹에 빠져 가산을 탕진한 큰오빠에 대한 회한이 「잎
이 진 자리」에서 나타난다. 자연의 잎은 떨켜가 생겨야 떨어지지
만 오빠는 푸른 담쟁이와 달리 인생의 담을 끝까지 오르지 못했
다. 그래서 작가는 담쟁이 잎과 팔려간 소를 통해 좌절한 피붙이
에게 연민을 전달한다.

　황금련은 눈이 내리면 하얀 몸으로 서 있는 지동백나무를 유심
히 지켜본다. 정갈하기 이를 데 없는 나무가 천주교 봉쇄 수도원
으로 들어간 작은 오빠와 닮았다고 느낀다. 독실한 천주교 신자인
작가조차 직장에서 인정받던 오빠의 단호한 결정은 놀라운 것이
었지만 떠나면서 주고 간 '칠층산'을 읽으면서 묵상과 청빈의 삶을
살려는 오빠의 영성 생활을 받아드린다. 봉쇄 수도원은 세상과 단
절된 절대적 공간이므로 작가는 더욱 오빠가 택한 길을 경외감으
로 본받으려 한다.

　　눈 오는 날, 오빠와 함께한 하얀 동심의 세계가 사진 속에
　　묻혀 때 묻지 않은 순수함이 소복이 쌓여 가슴으로 한없이 녹
　　아내린다. 눈은 고요하고 흰색으로 포근하다.
　　어느 날 사진 속에 근엄한 모습으로 나타난 오빠가 눈처럼
　　깨끗하게 욕심 없는 세상을 살라 한다. 나도 저 하얀 눈을 닮
　　아 욕심을 버리고 평화를 안겨주는 작은 여인이고 싶다.
　　　　　　　　　　　　　　　　　　　　－「눈 오는 날」에서

황금련이 풀어내는 인간 서사는 단순한 기록이 아니다. 그녀가 중요시하는 관점은 삶과 죽음이 무엇인가가 아니라, 어떻게 맞이하고 남아있는 자들이 어떻게 생명수로 삼을 수 있느냐의 이치다. 밤새워 돌렸던 물레, 전해준 책, 현판을 건 향교, 뒤에서 굳게 닫히는 수도원 문과 요양원 60촉 알전구 등은 제 주인이 떠난 뒤에도 그들을 기억하도록 해주는 의미 있는 사물들이다. 가족에 대한 애정을 거듭 사물로 재현함으로써 모든 것이 그리움과 아픔이라는 정서를 지니고 있음을 강조한다. 나아가 절제와 묵상을 하려는 꿈도 있다. 그 사실만으로도 작가의 시선이 사람과 꽃과 사물에 차등을 두지 않고 있음을 알 수 있다.

덧붙여

문학으로서 수필의 본질은 작가와 독자와 작품 사이에 이루어지는 유기적 교감이다. 삶이란 혼자만의 것이 아니라 공유하는 것이듯이 수필의 문학성도 공감과 배려를 바탕으로 한다.

황금련의 수필 세계는 죽음의식을 통한 생존과 부활이다. 나아가 꽃을 보든, 사람과 사물을 보든 아름다움에 못지않게 죽음의 아픔을 체화하고 재현한다. 『아마릴리스 사랑』에 실린 작품도 유한한 삶을 담담하게 받아들이는 감수성으로 엮어져 있다. 작가로서 개인적으로 겪은 적잖은 시련이 그윽하기 이를 데 없는 문장으로 변하여 초혼招魂같은 작품을 펼치게 하였다.

『아마릴리스 사랑』을 읽으면 독자는 '내 생의 일지'를 다시 들추는 느낌을 받는다. 함께 살다가 떠난 사람들을 다시 기억하고 살아가고 있는 사람들에게는 용기의 손을 내밀고 싶어진다. 이러한 감수성이 황금련 작가의 성품이면서 그녀가 쓴 작품의 본질이라 하겠다.